"一带一路"沿线国家经典诗歌文库

（第一辑）

主编　赵振江

副主编　蒋朗朗　宁琦　张陵　黄怒波

埃及诗选

齐明敏　李世峻　等编译

作家出版社

编译者齐明敏

齐明敏

一九五五年三月生于北京。北京外国语大学阿拉伯学院教授。二〇一五年六月退休，返聘至二〇一七年四月，目前仍在几所学校教授少量研究生和本科生的课程。主要研究方向为阿拉伯古典文学、阿拉伯文化及汉阿互译。

自一九八三年读研期间就开始在北外阿拉伯学院（原阿语系）任教，先后担任本科低年级、高年级多种课型，研究生阿拉伯古代文学史、阿拉伯古代文学选读、汉阿互译（口笔译）、翻译专业硕士研究生的口译和同声传译等课程的教学工作。已指导几十名硕士研究生。

曾为中央电视台、各大部委举办的国际会议等担任多年同声传译、大会翻译以及不同类别的笔译。参与过外交部新闻发布会的中译阿工作，长期参与中央电视台中译阿纪录片、故事片的翻译、审校工作，参与全国翻译资格考试阿拉伯语专业考试的命题、审校、改卷工作等。现任全国翻译资格考试专家委员会阿拉伯语专家委员会副主任委员。

主要成果有：

专著：《阿拉伯阿拔斯"苦行诗"与中国唐宋"出家诗"比较研究》。

译著：《唐宋散文选》（中译阿）、《一千零一夜》第七卷（阿译中）。

参与翻译：《人质》《埃及近现代诗歌百首》《我的构想》（均为阿译中）。

参编教材：《阿拉伯文学选集》（阿文）、《阿拉伯政治外交与中阿关系》下册、《基础阿拉伯语》第一册至四册。

编译者李世峻

李世峻

一九八九年八月生于甘肃兰州。上海外国语大学博士后（在站），中阿改革发展研究中心助理研究员，二〇二二年六月获北京外国语大学阿拉伯语语言文学博士学位。

主要研究方向为阿拉伯国别与区域研究，以及阿拉伯社会、文化、文学、思想和中阿关系的研究与译介。在《世界宗教文化》《阿拉伯世界研究》等国内外期刊发表论文多篇，译著有：《人类七天》《沙特阿拉伯王国货币发展史》《沙特与中国关系未来发展的十种情景》等。

译者郭黎

郭黎

　　一九五六年生于重庆。一九七二年至一九七六年在上海外语学院凤阳干校培训班学习。一九七七年至一九七九年、一九八二年至一九八四年分别在也门萨那大学、埃及亚历山大大学进修。一九八八年至一九九四年在美国耶鲁大学近东语言文明系学习，获博士学位。

　　现任美国圣母大学（University of Notre Dame）阿拉伯中东学教授，主要研究马穆鲁克王朝史学史和文化史。

译者张洪仪

张洪仪

一九五四年三月生于北京。博士、教授。一九七五年至二〇一四年在北京第二外国语学院任教，曾任外语系主任、教务处处长兼阿拉伯语系主任多年。曾任阿拉伯语教学指导委员会委员、中国阿拉伯文学研究会副会长，中国阿拉伯语教学研究会副会长，中阿友好协会理事等。

出版专著《全球化语境下的阿拉伯诗歌——埃及诗人法鲁克·朱维戴研究》，论文《世纪之交的阿拉伯诗歌转型》《中阿文学现代化与西方的影响》等数十篇。

独立或者合作翻译了阿拉伯长篇小说《拜火教》、《阿拉伯国家经典散文》、《阿拉伯—伊斯兰文化史》（第七卷）、多版本《一千零一夜》、沙特小说《航海去远方》和文论著作《沙特阿拉伯现代化的故事》以及外译汉大中华文库项目《金瓶梅》（全卷）、《宋词选》、《元曲选》等作品。

自主或合作编写教材《阿拉伯近现代文学选集》、《阿拉伯文学选集》、《经贸阿拉伯语》、《新编阿拉伯语》（第五册、第六册）等。

退休后担任北京第二外国语学院特聘教授、中国作家协会会员、中国译协专家委员、中国外国文学研究会阿拉伯文学分会常任理事等社会职务。

目　录

总　序

　　二〇一三年秋，习近平主席先后提出建设"丝绸之路经济带"和"二十一世纪海上丝绸之路"（简称"一带一路"）的倡议。"一带一路"一经提出，便在国外引起强烈反响，受到沿线绝大多数国家的热烈欢迎。如今，它已经成了我们在政治、经济和文化生活中最具活力的词语。"一带一路"早已不是单纯的地理和经贸概念，而是沿线各国人民继往开来、求同存异、构建人类命运共同体的幸福路、光明路。正如一首题为《路的呼唤》[1]的歌中所唱的：

> ……
>
> 有一条路在呼唤
>
> 带着心穿越万水千山
>
> 千丝万缕一脉相传
>
> 就注定了你我相见的今天
>
> 这一条路在呼唤
>
> 每颗心都是远洋的船
>
> 梦早已把船舱装满
>
> 爱是我们共同的家园
>
> ……

　　习主席关于构建人类"政治互信、经济融合、文化包容的利益共同体、命运共同体和责任共同体"的主张是人心所向，众望所归。联合国将"构

1　《路的呼唤》：中央电视台特别节目《一带一路》主题曲，梁芒作词，孟文豪谱曲，韩磊演唱。

建人类命运共同体"写入大会决议，来自一百三十多个国家的约一千五百名贵宾出席二〇一七年五月十四日在北京举行的"一带一路"国际合作高峰论坛，就是最有力的证明。

在国与国之间，政治互信、经济融合、文化包容的基础在民心，而民心相通的前提是相互了解和信任。正是出于这样的理念，我们决定编选、翻译和出版这套"'一带一路'沿线国家经典诗歌文库"，因为诗歌是"言志"和"抒情"最直接、最生动、最具活力的文学形式，诗歌最能反映大众心理、时代气息和社会风貌。"'一带一路'沿线国家经典诗歌文库"是加强沿线各国人民之间相互了解和信任的桥梁。

"'一带一路'沿线国家经典诗歌文库"的创意最初是由作家出版社前总编辑张陵和中国诗歌学会会长骆英在北京大学诗歌研究院院会提出的。他们的创意立即得到了谢冕院长和该院研究员们的一致赞同。但令人遗憾的是，在本校的研究员中只有在下一人是外语系（西班牙语）出身，因此，他们就不约而同地把这套书的主编安在了我的头上。殊不知在传统的"一带一路"沿线国家中，没有一个是讲西班牙语的。可人家说："一带一路"是开放的，当年"海上丝绸之路"到了菲律宾，大帆船贸易不就是通过马尼拉到了墨西哥吗？再说，巴西、智利、阿根廷三国的总统不是都来参加"一带一路"国际合作高峰论坛了吗？怎么能说"一带一路"和西班牙语国家没关系呢？我无言以对。

古丝绸之路是指张骞（前一六四年至前一一四年）出使西域时开辟的东起长安，经中亚、西亚诸国，西到罗马的通商之路。二〇一三年九月七日，习近平主席在哈萨克斯坦纳扎尔巴耶夫大学演讲时，提出共建"丝绸之路经济带"的主张，赋予了这条通衢古道以全新的含义，使欧亚各国的经济联系更加紧密、相互合作更加深入、发展空间更加广阔，从而造福沿途各国人民。至于古老的"海上丝绸之路"，自秦汉时期开通以来，一直是沟通东西方经济和文化交流的重要渠道，尤其是东南亚地区，自古就是"海上丝绸之路"的重要枢纽。习主席建设"二十一世纪海上丝绸之路"的构想使其在新的历史起点上，有了更加重要而又深远的意义。

"一带一路"沿线国家主要包括西亚十八国（伊朗、伊拉克、格鲁吉亚、亚美尼亚、阿塞拜疆、土耳其、叙利亚、约旦、以色列、巴勒斯坦、沙特阿拉伯、巴林、卡塔尔、也门、阿曼、阿拉伯联合酋长国、科威特、黎巴嫩），中亚五国（哈萨克斯坦、土库曼斯坦、吉尔吉斯斯坦、乌兹别克斯坦、塔吉克斯坦），南亚八国（尼泊尔、不丹、印度、巴基斯坦、孟加拉国、斯里兰卡、马尔代夫、阿富汗），东南亚十一国（印度尼西亚、马来西亚、菲律宾、新加坡、泰国、文莱、越南、老挝、缅甸、柬埔寨、东帝汶），中东欧十六国（阿尔巴尼亚、波斯尼亚和黑塞哥维那、保加利亚、克罗地亚、捷克、爱沙尼亚、匈牙利、拉脱维亚、立陶宛、马其顿、黑山、罗马尼亚、波兰、塞尔维亚、斯洛伐克、斯洛文尼亚）。独联体四国（俄罗斯、白俄罗斯、乌克兰、摩尔多瓦），再加上蒙古和埃及等。

从上述名单中不难看出，"一带一路"沿线国家多为文明古国，在历史上创造了形态不同、风格各异的灿烂文化，是人类文明宝库重要的组成部分。诗歌是文学的桂冠，是文学之魂。文明古国大都有其丰厚的诗歌资源，尤其是经典诗歌，凝聚着国家和民族的精神和理想。各国之间的文化交流与经贸往来，既相互交融又相互促进，可以深化区域合作，实现共同发展，使优秀文化共享成为相关国家互利共赢的有力支撑，从而为实现习主席构建人类命运共同体的伟大目标打下坚实的文化基础。

"一带一路"沿线国家多是发展中国家。长期以来，我们一直比较重视对欧美发达国家诗歌的译介，在"经济一体、文化多元"的今天，正好利用这难得的契机，将这些"被边缘化"国家的传统文化和民族精神纳入"一带一路"的建设，充分发掘它们深厚的文化底蕴，让它们的古老文明在当代世界发挥积极作用，使"文库"成为具有亲和力和感召力的文化桥梁。

"一带一路"沿线国家又多是中小国家。它们的语言多是非通用的"小语种"，我国在这方面的人才储备相对稀缺，学科建设相对薄弱；长期以来，对这些国家的文学作品缺乏系统性的译介和研究。从这个意义上说，"文库"的出版具有填补空白的性质，不仅能使我们了解这些国家的诗歌，也使相关的学科建设和学术研究有了新的生长点。

"'一带一路'沿线国家经典诗歌文库"的现实意义和深远影响已经很清楚了，但同样清楚的是其编选和翻译的难度。其难点有三：一是规模庞大，每个国家一卷，也要六十多卷，有的国家，如俄罗斯、印度，还不止一卷；二是情况不明，对其中某些国家的诗歌不是一无所知也是知之甚少，国内几乎从未译介过，如尼泊尔、文莱、斯里兰卡等国；三是语言繁多，有些只能借助英语或其他通用语言。然而困难再多，编委会也不能降低标准：一是尽可能从原文直接翻译，二是力争完整地呈现一个国家或地区整体的诗歌面貌。

总之，"文库"的规模是宏大的，任务是艰巨的，标准是严格的。如何完成？有信心吗？答案是肯定的。信心从何而来呢？我们有译者队伍和编辑力量做保证。

"'一带一路'沿线国家经典诗歌文库"的编译出版由北京大学外国语学院和作家出版社联袂承担，可谓珠联璧合，阵容强大。

北京大学外国语学院是国内外国语言文学界人才荟萃之地，文学翻译和研究的传统源远流长。北大外院的前身可以追溯到京师同文馆（一八六二年）和京师大学堂（一八九八年）。一九一九年北京大学废门改系，在十三个系中，外国文学系有三个，即英国文学系、法国文学系、德国文学系。一九二〇年，俄国文学系成立。一九二四年，北京大学又设东方文学系（其实只有日文专业）。新中国成立后，东语系发展迅速，教师和学生人数都有大幅度增长。一九四九年六月，南京东方语言专科学校和中央大学边政学系的教师并入东语系。到一九五二年京津高校院系调整前，东语系已有十二个招生语种、五十名教师、大约五百名在校学生，成为北大最大的系。

一九五二年院系调整时，重新组建西方语言文学系、俄罗斯语言文学系和东方语言文学系。其中西方语言文学系包括英、德、法三个语种，共有教师九十五人，分别来自北大、清华、燕大、辅仁、师大等高校（一九六〇年又增设西班牙语专业）；俄罗斯语言文学系共有教师二十二人，分别来自北大、清华、燕大等高校；东方语言文学系则将原有的西藏语、维吾尔语、西南少数民族语文调整到中央民族学院，保留蒙古、朝鲜、日、越南、暹罗、印尼、缅甸、印地、阿拉伯等语言，共有教师四十二人。

北京大学外国语学院于一九九九年六月由英语系、西语系、俄语系和东语系组建而成，下设十五个系所，包括英语、俄语、法语、德语、西班牙语、葡萄牙语、日语、阿拉伯语、蒙古语、朝鲜语、越南语、泰国语、缅甸语、印尼语、菲律宾语、印地语、梵巴语、乌尔都语、波斯语、希伯来语等二十个招生语种。除招生语种外，学院还拥有近四十种用于教学和研究的语言资源，如意大利语、马来语、孟加拉语、土耳其语、豪萨语、斯瓦希里语、伊博语、阿姆哈拉语、乌克兰语、亚美尼亚语、格鲁吉亚语、阿塞拜疆语等现代语言，拉丁语、阿卡德语、阿拉米语、古冰岛语、古叙利亚语、圣经希伯来语、中古波斯语（巴列维语）、苏美尔语、赫梯语、吐火罗语、于阗语、古俄语等古代语言，藏语、蒙语、满语等少数民族及跨境语言。学院设有一个一级学科博士点、十个二级学科博士点和一个博士后流动站，为北京市唯一外国语言文学重点一级学科。学院师资力量雄厚：全院共有教师二百一十二名，其中教授六十名、副教授八十九名、助理教授十六名、讲师四十七名，拥有博士学位的教师一百六十三人，占教师总数的百分之七十七。

从以上的介绍不难看出，北京大学外国语学院的语言教学和科研涵盖了"一带一路"的大部分国家，拥有一批卓有成就的资深翻译家和崭露头角的青年才俊，能胜任"文库"的大部分翻译工作。至于一些北大没有的"小语种"国家，如某些中东欧国家，我们邀请了高兴（罗马尼亚语）、陈九瑛（保加利亚语）、林洪亮（波兰语）、冯植生（匈牙利语）、郑恩波（阿尔巴尼亚语）等多名社科院外文所和兄弟院校的专家承担了相应的翻译工作，在此谨对他们表示诚挚的敬意和衷心的感谢。

有好的翻译，还要有好的编辑。承担"'一带一路'沿线国家经典诗歌文库"编辑出版任务的作家出版社是国家级大型文学出版社，建社六十多年来出版了大量高品质的文学作品，积累了宝贵的资源和丰富的经验。尤其要指出的是，社领导对"文库"高度重视，总编辑黄宾堂、前总编辑张陵、资深编审张懿翎自始至终亲自参与了所有关于"文库"的工作会议，和北大诗歌研究院、北大外国语学院的领导一起，精心策划，全力以赴，保证了"文库"顺利面世。

最后还要说明的是，"'一带一路'沿线国家经典诗歌文库"得到了北大校领导的大力支持。"文库"第一批图书的出版恰逢北京大学建校一百二十周年（一八九八年至二〇一八年），编委会提出将这套图书作为对校庆的献礼。校领导欣然接受了编委会的建议，并在各方面给予了大力支持，校党委宣传部部长蒋朗朗同志从始至终参与了"文库"的策划和领导工作。至于北京大学外国语学院的领导更是责无旁贷地承担了全部翻译工作的设计、组织和落实。没有他们无私忘我、认真负责的担当，完成这样艰巨的任务是不可能的。

"'一带一路'沿线国家经典诗歌文库"第一批诗作即将出版，这只是第一步，更艰巨的工作还在后头；更何况随着时间的推移，"一带一路"的外延会进一步扩展，"文库"的工作量和难度也会越来越大。但无论如何，有了这样的积累，我们完全有理由相信，"'一带一路'沿线国家经典诗歌文库"会越来越好。为了实现这样的目标，我们期待着领导、业内同仁和广大读者的批评指教。

赵振江

二〇一七年秋

于北京大学蓝旗营寓所

前　言

　　"埃及"，既是一个超七千年历史的古老文明的称谓，也是一个古老民族、古老王国、古老地域的称谓。亚述人就曾称古埃及为"神祇之地"。而我们手中的这本《埃及诗选》所说的"埃及"，仅仅指代近代以降的埃及。

　　了解西亚北非历史的读者都清楚，位于尼罗河流域的古埃及人与阿拉伯半岛的阿拉伯人并非同宗同族，而古埃及历史上最为辉煌的文明是举世闻名的长达三千年历史的法老文明。古埃及无论是人种、地域还是文字，都与"阿拉伯"这三个字关联甚远。以文字为例，古埃及人自公元前三千年至公元四世纪，一直使用的是分为"圣书体"（古埃及象形文字的正规版）、"僧侣体"（古埃及书吏用来快速记录的象形文字手写体）、"世俗体"（古埃及象形文字的草书版）三种不同字体的古埃及象形文字。

　　自公元前五二五年始，埃及在此后的一千多年间，先后被古波斯、古希腊和古罗马轮番征服。但这期间，古埃及文明的载体——古埃及象形文字侥幸存活了下来，正如著名的罗塞塔石碑所见证的那样，古埃及历史上最后一个王朝"托勒密王朝"的诏书就是用三种文字书写而成的：圣书体、世俗体和古希腊文。古埃及文字发展的最后阶段是希腊语和世俗体象形文字的杂交体——科普特语，科普特语遂被称作"古埃及语言的后裔"。

　　直到公元六四一年（一说六四二年），信奉伊斯兰教的阿拉伯人征服埃及，带来了与基督教和犹太教一脉相承的新兴宗教——伊斯兰教，埃及才逐步阿拉伯化、伊斯兰化。随着越来越多的阿拉伯人不断进入埃及，当时大多信奉基督教或犹太教的埃及人逐渐改奉伊斯兰教，改操阿拉伯语。古埃及文明与外来的阿拉伯人所代表的伊斯兰文明逐步融合，为日后构建更为年轻强盛的阿拉伯伊斯兰文明做出了非凡的贡献。

　　当时的埃及，只相当于逐渐庞大起来的阿拉伯伊斯兰帝国的一个省，并非一个独立的国度。中古后期，埃及又作为奥斯曼帝国的一个行省

（一五一七年始）经历了很长一段土耳其人统治的时期。

随着十八世纪欧洲工业革命的兴起，千疮百孔的奥斯曼帝国逐步沦为欧洲国家进行大规模殖民扩张的"首选目标"，第一次世界大战前后，阿拉伯世界几乎已被西方殖民者瓜分完毕。一七九八年，拿破仑率法国远征军武力攻占埃及，埃及以及整个阿拉伯世界自此开启了近代历史。

一九一四年，埃及沦为英"保护国"，开始了屈辱的被殖民历史。直至一九五二年，以纳赛尔为首的自由军官组织推翻英殖民主义控制的傀儡政权——由土耳其人掌权的昏庸、腐败、无能的法鲁克王朝，终于将国家政权夺回到埃及人手中，并于一九五三年成立埃及共和国（一九七一年改名为阿拉伯埃及共和国），"埃及"才成为一个独立的现代国家的简称。

步入近代的埃及，同其他阿拉伯国家一样，经历了近古时期奥斯曼帝国长期的黑暗统治之后，又遭遇西方殖民主义的侵略和掠夺。

"近现代的阿拉伯历史，实际上就是西方殖民主义对阿拉伯世界进行军事侵略、政治统治、经济掠夺、文化渗透的历史。同时也是阿拉伯世界各国人民反对西方殖民主义侵略压迫，为争取民族独立解放而进行斗争的历史。"[1]

先是一心要"在东方重塑法国权威"的拿破仑，率三万法军，于一七九八年大败奥斯曼马穆鲁克部队，攻下埃及，建立了法国殖民统治；后有英国一八〇一年乘埃及人民反法斗争高涨之机，伙同土耳其军队打败法军，乘虚而入。一八四〇年，埃及被迫签署不平等条约《英埃协定》，一八八二年，英舰队炮轰亚历山大港，一九一四年，英国宣布建立"埃及保护国"，埃及开始殖民地化。遭受殖民主义和封建主义双重压迫和剥削的埃及民众从未停止反抗外来殖民势力和国内黑暗统治，直至独立。震惊世界的一八八一年"奥拉比起义"和一九〇六年的"丹沙微事件"就是埃及民族独立运动的典型事例。

而此时的埃及，距加入阿拉伯民族大家庭已有一千多年的历史，早已成为阿拉伯民族的重要成员；且一千多年间，有半数时间得到的是中古时期最为发达、最为辉煌的阿拉伯伊斯兰文明的浸润，甚至在中古中后期，埃及的一些小王朝，例如突伦王朝、法蒂玛王朝和艾尤卜王朝还"保护了

1　仲跻昆《阿拉伯文学通史》下卷（2010年12月第一版）第562页。

阿拉伯——伊斯兰文化免遭灭顶之灾"[1]，以至于这块"被征服地"对阿拉伯伊斯兰文明的坚守在近现代并不亚于阿拉伯伊斯兰文明的发祥地——阿拉伯东方。

西方对埃及的入侵也使埃及人民接触到了已发展成为比自身传统文明更为先进的西方文明，近距离了解到西方科学的大幅度进步。

面对西方殖民主义对阿拉伯世界的政治、经济和文化的全面碾压，埃及的一些有识之士开始觉醒，希望通过振兴和弘扬源远流长，但当时已经日趋式微的阿拉伯伊斯兰文化，来启发和激励民众奋起捍卫自身的民族文化，并以此抵抗外来侵略。

在这场宏大的阿拉伯近现代复兴运动中，文学扮演了先锋队的角色；而埃及，这个最早与西方文化产生碰撞的阿拉伯国家之一，也走在阿拉伯近现代文学复兴的前列。

中世纪阿拉伯伊斯兰文明兴起的"发动机"是著名的"百年翻译运动"；近现代埃及文学复兴的"发动机"依然始于一场大规模的翻译运动。"最初的翻译仅限于军事、医学、理工等自然科学领域，随后才是对包括文学在内的人文科学的翻译。"[2]

大规模的翻译运动必然带来本土文化与外来西方文化之间的相互撞击，也必然导致两种异质文化的逐渐融合。本土文化必然在这个过程中被激发出新的创作热忱，而新的文化成果必然是相互对立又相互交融的"传承"与"借鉴"两种过程的结果。

这场翻译运动同样带有"启蒙"意义，推动包括文学在内的近现代文化运动。而包括现代印刷技术、报刊等现代传媒介质的引进，也为包括文学作品在内的文化成果的传播提供了物质和阵地保障。

阿拉伯民族通常被誉为"诗歌的民族"，无论此话出自何处，既然流传深远，必有其道理。

首先，与大多数其他民族一样，阿拉伯民族早期的文学也是以富有节奏和韵律、上口易记的文学体裁——诗歌为主的；其次，阿拉伯语的语音

1　张洪仪《全球化语境下的阿拉伯诗歌——埃及诗人法鲁克·朱维戴研究》第 12 页。

2　仲跻昆《阿拉伯文学通史》下卷第 819 页。

亦非常吻合诗歌的音韵特点。

阿拉伯语有着丰富的辅音和元音，音节的变化和重音的运用使得诗歌在阿拉伯语中能够呈现出更加优美的韵律。诗人们可以通过选择合适的词语和句式来打造出富有无限多变的节奏感和音乐感的诗歌作品，使得读者在吟诵或欣赏时能够感受到诗歌的情绪内容之美以及韵律之美。

埃及的近现代文学复兴运动也是从诗坛开始勃兴，之后普及到各个不同文体的。

十九世纪下半叶，"复兴派"[1]诗歌在巴鲁迪、萨布里、邵基、哈菲兹·易卜拉欣等人的带领下率先登上历史舞台，以阿拉伯大众世代传承的古典诗歌韵律、题材为外壳，包装着反映现实社会问题、启发民众心智借以振兴传统文化的内核。作为顺势而为、承上启下的一代诗坛领袖，"复兴派"的先驱们吹响了埃及诗歌近现代复兴的号角，"不仅推动了埃及诗歌的发展，也推动了整个阿拉伯近现代诗歌的发展"。

随着西方诗歌影响的不断深入，二十世纪初叶的埃及诗坛初露浪漫主义的创作思维，主张打破传统诗歌形式的束缚，让诗歌归依反映内心情感的理念。"两国诗人"穆特朗为先导，舒克里、马齐尼、阿卡德、艾布·沙迪等诗人也先后发声，并以"笛旺诗社"和"阿波罗诗社"[2]为阵地，开始发表早期的埃及浪漫诗作。

二战后的二十世纪五十年代，埃及诗坛在经历了赶走殖民者、建立共和国的重大变革之后，新一代诗人不再因循守旧，将浪漫主义诗歌浪潮推到极致，"在浪漫—创新派和古典彩锦体诗[3]的基础上，新诗——自由体诗便应运而生"。

自由体诗对传统诗歌从形式和题材上进行了革命，不再循规蹈矩，而是形式个性十足，内容紧贴现实。二十世纪六十年代以来，由于形势影响，"象征、隐晦、朦胧乃至荒诞"的手法也逐渐显现，以便更加含蓄地表达内心世界，更加曲折地反映社会现实。希贾齐、敦古勒是自由体诗的

---

1 "复兴派"：以巴鲁迪为代表的埃及诗歌复兴最早的流派，形式上严格遵循古诗韵律，但内容反映当下。

2 阿波罗诗社：二十世纪上半叶埃及诗歌革新派团体，借用希腊神话中兼管诗歌音乐的太阳神阿波罗的名字命名。

3 彩锦体诗：公元九至十三世纪在阿拉伯人占领的今西班牙安达卢西亚地区流行的一种双重甚至多重韵诗歌，诗句长短不一，尾韵不统一。

突出代表。

　　大家面前这本《埃及诗选》选取的就是活跃在埃及近现代文坛上的四十五位诗人创作的五十首诗作。从这些诗歌的角度，读者可以看到埃及近现代政治、社会、文化和文学的发展概貌和诗歌特点，对了解埃及近现代历史及其对阿拉伯文化、文学，尤其是诗歌的发展所做出的突出贡献，了解埃及诗人的特质，了解埃及人民的审美心理、价值取向和思想活动有一定的帮助。

译者

二〇二四年二月二十日

迈哈穆德[1]·萨米·巴鲁迪
（一八三九年至一九〇四年）

　　被称为"剑与笔之诗人"，"不仅是在埃及，也是在阿拉伯近现代文坛上承上启下，开一代诗歌之新风的先驱者"[2]。

　　巴鲁迪一八三九年十月六日生于开罗的一个塞加西亚官宦家庭，父亲曾任马穆鲁克王朝的"炮兵司令，后被穆罕默德·阿里任为苏丹北方省的省长，死在任上。其时，诗人年仅七岁"[3]。十二岁入军校，一八五四年军校毕业后，在军界、政界任职，受上层赏识，一度平步青云，一八八二年二月荣升总理要职[4]，但仅仅三四个月后便被罢免，原因是他追随奥拉比[5]投入抗英

1　"迈哈穆德"又译"马哈茂德"，以下不再赘述。

2　仲跻昆《阿拉伯文学通史》下卷第 821 页至第 822 页。

3　仲跻昆《阿拉伯文学通史》下卷第 824 页。

4　关于巴鲁迪的埃及总理任期说法不一，本文采用阿拉伯语"知识网""'诗人之门'电子辞海"两家网站提供的信息。

5　奥拉比（一八三九年至一九一一年）：全名艾哈迈德·奥拉比，埃及人习惯称其为"奥拉比帕夏"。他是十九世纪七十年代末至八十年代初埃及资产阶级改良主义运动和抗英战争的领袖，受到埃及人民的景仰与爱戴。

斗争，失败后被流放锡兰[1]长达十七年。一九〇〇年获释回国，转而潜心于古诗整理、校勘和诗歌创作。

巴鲁迪自幼显示出卓越的诗才，后又醉心吸收阿拉伯古代文化遗产，并研习过大量阿拉伯、波斯和土耳其的诗歌精品，在流放期间还学习了英语，可以直接阅读英语文学作品。这些都成为他日后能够引领阿拉伯诗歌的近代复兴、创立"复兴派"[2]诗歌的丰富营养和催化剂。

巴鲁迪的诗作"韵律谨严，雍容典雅"[3]，颇有古诗风范，但他又非一味模仿古人，而是借用古诗的"形"传达时代的"核"，把诗歌打造成"时代的号角、战斗的檄文"[4]，推动了阿拉伯诗歌在近代的复兴。

1　锡兰：现名斯里兰卡，南亚次大陆南端印度洋上的岛国。
2　"复兴派"：亦称"新古典派"。十九世纪下半叶以巴鲁迪为领袖的一些接触了外国文学又了解了真正的阿拉伯传统诗歌的诗人，为摆脱当时诗歌的颓势，主张诗歌遵循古代诗歌格律传统，反映社会现实，这些诗人被称为"复兴派"诗人。
3　郭黎《阿拉伯现代诗选》第1页。
4　仲跻昆《阿拉伯文学通史》下卷第830页。

哪里去了，我欢乐和青春的岁月

哪里去了，我欢乐和青春的岁月
看啊，它飘然流走是否回还？

那年代已经远逝，更远的
却是时光令稚嫩的童年再现

用对它的忆念萦绕着我吧，我
自从与它离别，终日情思缱绻

智者一切皆能淡忘，唯有
少时的嬉戏往事永驻心间

***

但愿我知晓，何时得见那
有枣椰和葡萄的尼罗河乐园[1]

在那里，船儿悠悠荡漾在
宛如熔化的银子般的河面

两岸簇拥着华堂广厦
犹如金碧辉煌的穹顶宫殿

放眼望去，游乐场

---

1 尼罗河乐园：坐落在流经开罗市区的尼罗河河心小岛。岛上花木葱茏，为
  游览胜地。

五光十色，花园大观

每当微风和地面的润土晤谈
回来时带着芳香气息如番红花一般

这就是我亲近的草坪，我游戏的场地
我青春的硕果，我伙伴的乐园

只要我一息尚存，就不会将它忘怀
你绝不会看到我对它缺情少爱

只有禀性高尚的人，才把
友情的责任牵挂，把往昔岁月眷恋

尽管它已流逝，可我对它的思念
就像我的话语绵绵不断，岁岁年年

***

我在锡兰的友人啊，莫要
再把我责难，让我把心中积悃畅谈

我怎能不长歌当哭追忆青春，我
人到中年，萍漂天涯，异乡落难

花白的两鬓染掉了我的朝气，给我
披上破烂的大袍，褴褛的长衫

我的眉毛，蜷曲着垂在眼帘
恍若流苏投下阴影一片

遇到的事物在我眼中只是
迷蒙幻影，仿佛我置身雾中一般

当我被人呼唤时我仍疑惑
似乎那声音传自帷幔后面

每当我向往奋起，衰弱就
把我困扰，我的神经也难以承担

世事的权杖逼我变成
裹在衣内的一腔热忱的碎片

它夺走我父亲和我的亲人
然后又向我的朋友们攻砭

每天都有一位亲爱的人弃我而亡
我的心啊，忍受着生离死别的熬煎！

哪里去了，侯赛因？哪里去了
阿卜杜拉，完美文雅的好青年？

他们悄然隐去，永恒的纪念
是一种光荣，延续到子孙后代

我的心没有觅得对他俩的寄托
除了我对他俩的哀伤和悼念

哦！我已知悉自己的命运，我回避
那不曾预料的风云变幻

我避免与人为伍，这倒
成全了他们想躲开我的心愿

我对飞短流长不屑一顾，尽管
胸中充满对每句闲言的答辩

我离群索居才足以生存，我
在暗算者缺席时得享平安

让妒忌者随心所欲说什么吧！
我的听觉于恶语永不灵便

万事皆难瞒过我，但是
我装聋作哑，谨慎是大智若愚的伙伴

满足于苍苍白发吧，它是
谨慎的兄弟，坦途的指南

人是一帧图画，终将褪色
生命的结束正是莽荒的起点

（郭黎　译）

囚　徒

愤怒催我消瘦，失眠将我折磨
郁闷的黑幕把我严密遮盖

夜的昏黑不会隐去
晨的清辉难以期待

没有知心人倾听怨诉，没有
踪影流过，没有消息传来

在高墙和那扇紧闭的
每当狱吏打开时就嘎嘎作响的门间

狱吏在门前踱步，一旦察觉
我的动静，马上伫立在外

每当我活动身体以寻方便
黑暗喝道：慢着，不许动弹！

我寻寻觅觅，一无所见
我的心始终忐忑不安

黑暗之中没有星辰
唯余呼吸进出的火星不断

忍着吧，我的心，直到胜利
坚忍不拔才能把凯旋路劈开

生命如同呼吸总会停息，人
终将沦为命运的囚犯

（郭黎　译）

伊斯梅尔[1]·萨布里
（一八五四年至一九二三年）

　　埃及近现代著名诗人，"复兴派"诗人的重要一员。生于埃及开罗，高中毕业后赴法国公派留学（一八七八年），获法学学士。回国后履任多个法律和行政职务，例如：亚历山大民事法庭庭长、亚历山大市长、司法部次长等。六十岁退休后，在自己家里办起文学艺术沙龙，广邀诗人作家前往聚谈。

　　萨布里的诗歌以想象力丰富、活泼幽默、情感细腻见长，他注重诗歌的音乐性和韵味，注重细节，注重将意义与感觉相融合，同时，他的诗歌还充满真挚的民族情感，并将其融入令人心动的情诗之中。他虽然用词简单，但是内涵厚重。

　　萨布里有着一颗民主主义的灵魂，崇尚自由，他的诗歌赞颂、描摹，也讽喻、悼亡，涉政治、宗教，也论社会、揭露现实。

　　萨布里是个"模范的爱国主义者"，立场十分鲜明，身居高官却从未拜访过任何一位在埃及实行"托管"的英国人。

　　正因为如此，萨布里成为当时"诗人的宗师""诗人的谢赫"。

1　"伊斯梅尔"又译"伊斯玛仪"，以下不再赘述。

与墨水瓶贴心交谈

墨水瓶啊，请化墨水为玫瑰，迎接毛笔代表团，
或让它不停变换如时间，时而难闻，时而甘甜；

请善待科学，用珍品墨水嘉奖科学的"服务员"，
将纯净的墨水献给那些思想先驱，引人们向前。

若厄运来临，"徇私"和"枉法"启用极蠢笨蛋，
从邪恶中蘸取墨水，那就以牙还牙，以眼还眼。

若白鸽奉献了一滴鲜血，纯净赤诚，纤尘不染，
请将它分给友善的朋友，作为表达思念的信件。

如若你内心只有"诚信"为诚信者准备的清单，
就请将其作为我的字迹，向先知描述我之概观。

（齐明敏　译）

希夫尼·纳绥夫
（一八五五年至一九一九年）

　　埃及近现代著名诗人，受巴鲁迪影响而成为"复兴派"诗人之一，留下了几部诗集和一些有关文学、语言学和修辞学的著作。

　　希夫尼·纳绥夫一八五五年生于埃及开罗郊区白拉卡特·哈吉村，一生在埃及许多城市、许多阿拉伯国家、一些欧洲国家及土耳其辗转生活、工作过。

　　希夫尼·纳绥夫最早是在村里的私塾读《古兰经》，后进入爱资哈尔大学学习了十年。当一八七二年师范学院[1]成立，他成为第一批学员，学了算术、工程、化学、自然、历史、地理等学科。一八八二年毕业后曾在一所聋哑人学校教了三年书，后又在法学院[2]教书，还在教育部和司法部的不同岗位任过职。参与过埃及法律的翻译工作，在司法领域工作了二十年，退休前是埃及坦塔高等法院的副院长。

1　师范学院：一九四六年并入开罗大学，成为开罗大学师范学院。
2　法学院：始建于一八六八年。最初校名为"管理与语言学院"，后来管理和语言两个专业分开。管理学院于一八八六年更名为法学院，一九二五年并入开罗大学，成为开罗大学法学院。

他是设立"埃及大学"[1]的主要倡导者之一，不仅自己捐款建校，还负责大学认捐委员会的工作。

受教于希夫尼·纳绥夫的名人中，有穆斯塔法·卡米勒、艾哈迈德·邵基、塔哈·侯赛因[2]等。

他还与穆罕默德·阿卜笃[3]一起创办《埃及现实报》，并参与创办《支持者》报，亦用笔名"伊德里斯·穆罕默丁"为《金字塔报》写过文章，故被认作是欧拉比革命的"宣讲家"之一。

1　埃及大学：成立于一九〇八年，一九五二年埃及革命后改为现在的名字。

2　塔哈·侯赛因（一八八九年至一九七三年）：被誉为"阿拉伯文学泰斗"的埃及著名作家、文学家、思想家，自小双目失明。

3　穆罕默德·阿卜笃（一八四九年至一九〇五年）：十九世纪末埃及著名学者、宗教和社会改革家。

基纳夜话

你[1]提高了我的感受力和理解力，
对此要加倍感激。

你终使开罗那些嫉妒者[2]的头顶，
比我双脚还要低。

你终使我如今的地位，
比金字塔顶更高一级。

你赐我弹丸之地居住，
但我却获得更高次第。

我可以在上游率先畅饮，
此种滋味更是惬意。

我可以遍览帝王的遗迹，
以往此事并不容易。

你会感觉来到一座城堡，
只消双脚踏上这片土地。

山脉环绕小城，弯弯的，

1　这里的"你"指埃及南部（上埃及中部）的基纳省，位于尼罗河东岸。
2　首都开罗在埃及最北部，这里所谓开罗的"嫉妒者"应该是诗人的对手，
　　诗人也应是从开罗被排挤至南部边界小城基纳的。

完美半圆，形似"努尼"[1]。

敌军别想攻进城来，
实现他们的阴谋诡计。

基纳和伊斯纳[2]人对我说，
尊贵的客人，欢迎你！

问我为何住在山脚，
我答：这里非常适宜！

生命的密码就是热力，
否则定无鸟儿唧唧；

不见绽放笑容的花朵，
难得一遇柳枝摇曳！

江河奔涌，惠风驱云，
一切都是因了热力。

这里不再挨冻受冷，
我终于感到心安。

不再因为潮湿患病，
风儿也温和柔软。

---

1 "努尼"：阿拉伯二十八个字母中的第二十五个，由下方一个深弧形和上方一个点组成。
2 伊斯纳：埃及南部城镇，位于尼罗河西岸。

迎风而去，
前胸后背不怕风吹。

黑夜降临，
再也不必盖被而睡。

节约开销，
无须再买棉、毛；

省下一半煤火费，
不多不少。

太阳像母亲保我舒畅，
甚至更加慈祥。

假如我有衣服要洗，
随手可触热水发烫。

假如我要加热大饼，
老天就是天然烤箱。

乡村居住，
大手大脚一族发愁无处解囊。

何时何地，
可以供他一掷千金在娱乐场？

午后所有人，
都宅在居所躲避热浪。

外地人看好这里，
价廉物美一扫而光。

牛奶、黄油天然新鲜，
无须冷藏。

劝你不要夹着尾巴住在城里，
还是来乡村生活，背挺直，头高昂。

忘掉什么扎马利克岛、狮子桥，
忘掉什么剑羚、角羚般的姑娘。

忘掉夜夜欢歌、酒吧美女，
祈求大慈大悲的主让我们升入天堂！

（齐明敏　译）

艾哈迈德·邵基
（一八六八年至一九三二年）

　　近现代阿拉伯文学史上最杰出的诗人、文学家之一，被誉为"现代阿拉伯文学的支柱之一"，一九二七年被阿拉伯各国诗人拥戴为"诗王"[1]。在他的推动下，"复兴派"诗歌有了长足发展。

　　邵基一八六八年十月十六日出生于开罗古城哈纳菲街区的一个富贵世家，家族成员混有阿拉伯、库尔德、土耳其以及希腊等多种血统。

　　邵基四岁入私塾，之后接连在小学、中学读书，成绩优异。自那时起，他就潜心于读诵背记各种不同诗集，于是"诗句开始自动流奔至他舌尖"。

　　十五岁那年，邵基进入法学院翻译系学习。一八八七年公派留学法国，在蒙彼利埃大学和巴黎大学继续学习法律。在此期间，他阅读了大量法国文学和其他西方文学的经典作品。

　　一八九一年回国后，邵基在埃及阿巴斯二世总

1　邵基是阿拉伯历史上仅有的三位诗王之一，也是到目前为止最后一位诗王。前两位一是贾希利叶时期的乌姆鲁·盖斯，一是阿拔斯时期的穆太奈比。

督[1]府任职，出任宫廷欧洲司司长和"宫廷诗人"，写了不少支持阿巴斯二世的诗歌[2]。一八九四年曾代表埃及政府出席在瑞士日内瓦举行的"东方学家大会"，此期间发表了他的著名长诗《尼罗河谷大事记》，"以色彩丰富的手法追溯埃及历史，表达对祖国屡遭患难的哀痛心情，引起轰动"[3]。

一九一四年，邵基因写诗痛批英国占领埃及而惨遭流放到西班牙。流放期间，他接触到安达卢西亚的阿拉伯语文学和伊斯兰文化，创作不少赞美诗，同时也写就一些羁旅怀乡诗。

四年后从流放地归国，邵基一改前态，不再做宫廷的喉舌，转而为广大埃及老百姓发声，揭露时弊，谴责不公，动员民众，振兴自强。

邵基一生创作了超过二十三万五千行诗，成为阿拉伯诗歌历史上作品最"丰沛"的诗人之一。不仅诗作数量位列前茅，诗歌品质亦超凡卓越。"他有很高的阿拉伯古典文学造诣，也受到优秀西方文化的全面熏陶。在他的诗里，个性和时代精神都很突出。权威的观点认为，音韵和谐完美、想象丰富美妙和感情细腻敏锐，是邵基在艺术上的三大特点。他的诗无论内容还是技巧，都达到了同时代人的顶峰。"[4]

将邵基抬到顶峰的还有他的诗剧。"他虽不是最早创作诗剧的人，但却是在这方面最有成绩、最有影响的先驱者。"[5]

1　埃及总督：当时的总督相当于国王，总督府则相当于王宫。
2　有评论说，艾哈迈德·邵基之所以支持总督阿巴斯二世，除了个人受其重用之外，还因他认定其政权属伊斯兰政权，与其支持侵略者，不如保卫现有的伊斯兰政权。
3　郭黎《阿拉伯现代诗选》第10页。
4　郭黎《阿拉伯现代诗选》第10页。
5　仲跻昆《阿拉伯文学通史》下卷第833页至第834页。

　　邵基留给后人四卷本《邵基诗集》（第一卷出版于一八九八年），后有穆罕默德·赛尔本教授收集了未列入四卷本诗集的邵基诗歌，辑成两卷本《邵基佚诗》。他还留下九部诗剧和一些散文集。

狮身人面像[1]

狮身人面像，你历尽沧桑
在大地上你的年龄最为久长

啊，岁月的同庚者，岁月尚未
长成时，你亦未越过童稚的门框

向何处去，你的乘骑驾临沙漠之脊
迈过迷蒙黄昏，跨越依稀晨光

你在世纪之间长途跋涉
何时卸去满是尘土的行装？

你和群山之间是否有约定
只待世界末日才共同消亡？

狮身人面像！在这延亘无垠的
生存之后，除了厌倦还有何秘藏？

我对鲁格曼的执拗深感惊讶

1　这首长诗系诗人为庆祝开罗歌剧院落成典礼所作，由演员们在庆典演出的
　舞台上狮身人面像布景前朗诵。——原诗集注
　这是一首著名的吟咏埃及历代文明的长诗。开罗吉萨大金字塔前的"声与
　光"表演即采用了这首诗的大部分段落作为旁白。这是一首格律谨严的古
　典体长诗，前一部分为长诗体，一韵到底，后一部分为短歌体，采用交错
　韵脚，其形式为：aaaa，bbba，cccd，ddda……译文照原诗的韵脚形式移
　译。——译者注

他如此牵挂鲁伯德和兀鹰的安康 [1]

还有莱比德 [2] 对漫长生命的抱怨
但倘若生命短促，他的怨声更响

如果生命在你身上出现，磐石的儿子 [3]
他会让你与你杰出的造物者一起衰亡

生命即便遇上的是铁，也能
制服铁的坚硬，石的倔强

***

狮身人面像，你是一道什么样的
难题？思绪在你身上迷失方向

游牧人对你的真相迷惑不解
文明人在揣测的山谷彷徨

对于他们，你是强健青春的
形象，你是远见卓识的榜样 [4]

你的秘密遮蔽在屏障之下，每当

1　据阿拉伯民间传说，鲁格曼系古代阿拉伯半岛阿德部落人氏，上天赐旨要
　　他与七只兀鹰同存亡。每只鹰活五百年，一只死亡另一只即复生，鲁格曼
　　精心照料兀鹰，直到最后一只名为"鲁伯德"（意为岁月）的兀鹰死去才
　　与它同亡。这样，他活了三千五百岁。
2　莱比德：全名莱比德·本·拉比阿，贾希利叶后期与伊斯兰前期阿拉伯半
　　岛著名跨代诗人。相传他为长寿之人，活了一百四十岁。
3　磐石的儿子：指狮身人面像，因为它是岩石雕成的。
4　一般认为，狮身人面像的人面象征智慧，狮身象征力量。

揣测向它俯瞰，它就深深地躲藏

令他们惊惶的是，人的头颅
却端放在雄狮般威武的身躯上

假如他们按其秉性被描绘
连续向你涌来的将是野兽形象
哦，这张清秀如泉水的面庞
它的支撑物却与猛虎一样 [1]

狮身人面像，你灾难深重，事物的
价值不应随岁月流逝而减轻、弃忘

你以晨鸡奚落岁月 [2]
晨鸡却啄烂你的眼眶

眼白流出，乌黑的瞳仁被剜
利喙的痕迹深深地刻上

你因禁在两间牢房中间
全身动弹不得，双目无光 [3]

仿佛你四周和双手间的

1　作者在这里运用阿拉伯传统诗歌的"对应"技巧，"泉水"与"猛虎"在
　　原文中是一组同根名词。
2　"晨鸡"借喻时光，即狮身人面像。以时光来与岁月比高低，因狮身人面
　　像的资历比岁月还要长。——原诗集注
3　这里借用了阿拉伯谚语对古代盲诗人艾布·阿拉·麦阿里（九七三年
　　至一〇五八年）"身处两囚室"的形容，一间囚室为失明，另一间为沉
　　默。——原诗集注

黄沙，都是人类的孽障

仿佛你是苍天的大旗
命运的军队，驻扎大地之上

仿佛你是卜卦的巫士，从
字里行间窥见冥冥万象

***

狮身人面像，你岁月的伴侣
时光的挚友，年代的朋党

你从远古时就展开双臂
起身走向人群聚集的地方

你出身于世界的开端
你逝世于世界的衰亡

一只眼睛投向新生的人
另一只眼睛为逝者送葬

你说话吧，也许这话语给人以启迪
你讲述吧，兴许这叙述给人以慰藉

你不是曾经考验过威风凛凛
与太阳月亮称兄道弟的法老王？

他是居民们安享文明的荫庇
宫殿高耸，遗迹辉煌

他在地上为古人大兴土木

他为来者把硕果栽上

冈比西[1]的马匹把你惊扰

铁蹄掷下罪愆毒瘴

带火的利铲插入国土

一时间，向前冲刺的戟戈挥扬

你看见立于众人之前的亚历山大[2]

他伟岸强悍，血气方刚

他的王冠在埃及熠熠生辉

可他的统治不如花木的寿命久长

你目睹恺撒[3]如何滥施暴政

如何折服了埃及的颈项

他手下的臣将如何倨傲自大

统治生灵如驱赶驴马一样

1　冈比西：古波斯帝国开朝君主居鲁士之子（出生年月不详）。据史料记载，
　　他于公元前五二五年率波斯军队征服埃及，俘获新王国第二十六王朝国
　　王。公元前五二二年暴卒于返国途中。

2　亚历山大：亚历山大大帝（前三五六年至前三二三年）。公元前三二三年
　　战胜波斯人后进驻埃及，在尼罗河三角洲建立亚历山大城。他逝世时年仅
　　三十二岁，之后托勒密王朝（前三二三年至前三○年）统治了埃及。

3　恺撒：古罗马统帅、政治家（前一○○年至前四十四年）。公元前四十九
　　年追随庞贝入埃及，助克娄巴特拉七世争夺王位。罗马与当时的埃及托勒
　　密王朝关系密切，埃及最后在公元前三○年奥古斯都在位期间沦为罗马帝
　　国的一个行省。

他们如同受到一批
高尚正直的征服者的重创

恺撒的王冠碎玻璃一般被扔在地
兵士溃不成军，御座百孔千疮

把所有暴君都交给时间吧
时间能矫正歪嘴的丑相

你注视着各种宗教的
沧桑演变，兴盛衰亡

高塔般的殿堂为之耸立
放眼望去，目光也要迷惘

它的底座，上与崇山之巅晤谈
下与大树的深根相会

伊希斯[1]端立她的宫殿阆苑之后
众国王拂开帷幔走向她身旁

她的银辉在天空的平面上闪耀
大地的每间房舍都洒满清光

1　伊希斯：古埃及人崇拜的主要神祇之一。相传她与其夫俄赛里斯是人类祖
　　先。古埃及人用月亮代表伊希斯，太阳代表俄赛里斯。本句即以伊希斯借
　　喻月亮。

阿匹斯神[1]，众世界都拜倒它轭下

某些信仰也如牛轭，生命悠长

棘手的难题依靠它得到治理

地狱人人骇怕，天堂人人向往

人们只感受到它的存在

哪怕利剑夺去性命又有何妨

"麝香之父"[2]减少了它的奴仆

尽管艾哈迈德[3]为它打制镶珠玉铛

你慰藉过摩西和盛他的筐篮

还有卓绝的训诫和手杖之光[4]

耶稣集拢了腼腆的衣衫

玛利亚收全了羞怯的裙裳[5]

阿穆尔统领穆斯林圣门弟子征伐埃及

---

1 阿匹斯神：据古埃及神话，恶神塞特杀死了善神俄赛里斯，后者的灵魂化为一条神牛，名唤"阿匹斯"。古埃及人认为，这条神牛是丰饶与创造的象征。

2 "麝香之父"：指卡福尔·伊赫西迪（九〇五年至九六八年），马穆鲁克时期伊赫什德王朝第四任总督，辖制埃及和沙姆地区。

3 艾哈迈德：艾布·塔伊卜·穆太奈比（九一五年至九六五年），阿拉伯大诗人，阿拉伯古代文化的重要代表之一。他曾写诗颂扬卡福尔·伊赫西迪，后又写了一首著名长诗讽刺他，诗云："你购买奴仆连棍棒一起带来……"

4 摩西出生时被母亲放在筐篮中置于尼罗河边；他成年后带领希伯来人出埃及过红海，用手杖分开海水安抵彼岸西奈，又在西奈山传授上帝刻在石板上的十诫，相关故事详见《旧约·出埃及记》。

5 此句意为：耶稣和玛利亚是谦忍腼腆的最高典范。——原诗集注

《古兰经》的篇章在四方念诵传扬 [1]

你是怎样目睹正途和迷津
诸王的世道和欧麦尔 [2] 的统辖?

赛罗斯 [3] 弃绝了荒淫的年代
赛罗斯迎接了黎明的纪元

驱散了迷途的黑暗
换来指引正途的晨光

科普特人 [4] 与穆斯林和睦相处
如亲密的友人互诉衷肠

狮身人面像,即便你不是奇迹
你的忠诚也是奇迹般的典章

你仁立俯视着两座金字塔
犹如丧子之妇不离开坟场

你希冀金字塔的建造者归来
可是风化的朽骨岂能还阳?

1　六四一年,阿穆尔·本·阿绥率领伊斯兰军队征服埃及,从此,埃及进入了伊斯兰时代。

2　欧麦尔(卒于六四四年):穆罕默德之后伊斯兰教的第二任正统哈里发(继承人)。在他掌权期间,阿穆尔·本·阿绥和其他部将率伊斯兰军队征伐了埃及、拜占庭和波斯萨珊王朝。

3　赛罗斯:罗马帝国派驻埃及的最后一任总督,伊斯兰军队在他统治期间征服了埃及。

4　科普特人:埃及信奉基督教的民族。一般认为,他们是古埃及人的后裔。

你用一只眼巡视千家万户
另一只眼徘徊在尼罗河上

你向孟菲斯[1]追回白色的羚羊
褐色的运河和浩荡的兵将

科学的摇篮，堂堂正正，庄严肃穆
艺术的时代，肃穆庄严，正正堂堂

而今能辨认出的，唯有一座小村庄
断壁残垣以新的风貌再现昔日韶光

它几乎在僵固中淹没
大地载着它运行，它毫不动荡

是否有人向祖先禀报
后人在把他们效仿？

我们和天仙缔结婚约
我们向她奉献珍奇的宝藏

我们驾驭了千难万险
终于降落到会议桌旁[2]

以义正辞严的声明
以高瞻远瞩的气量

1　孟菲斯：又名孟夫，位于开罗以南，埃及第一王朝的都城，随后的许多王
　　朝都在这里建都，留下许多遗迹。

2　本句的"会议"指一九一九年欧洲大战结束后的巴黎和会。埃及各界人民
　　派出了代表团，正式向欧洲列强提出独立要求。

为祖国呼请正义的权利
没有它，她的鲜血潺潺流淌

她并不以自己的舰队而骄傲[1]
而是自豪于自己的宪章

俱往矣，唯留下你不曾施暴
俱往矣，唯留下你不曾飞翔

动一动吧，狮身人面像，这个
时代连顽石都在震撼、跌宕

***

狮身人面像我的挚友，是时候了
光阴早已屈服，命运早已退让

我把你的乡亲们盼求的东西暗中贮存
甘甜的清水无法像石头一样埋藏

历代国王和他们的臣僚都在我这里
那斑斑点点的痕迹仍留存在棺旁

希望之晨抹去了沮丧的阴影
正是人们所期待的曙光

1　埃及有悠久的航海史，是世界上最早有船只、船队的国家。本句是说，埃及并不夸耀自己的物质力量。——原诗集注

今天我们主宰荒寂的旷野

我们追回逝去的美好岁月

用双手树立起光荣豪杰

祖国，我们为她献身，她为我们呕心沥血

祖国，我们以正义将她维护

在真主恩泽下我们精心建筑

用我们的业绩和辛苦

为她装扮，使她光闪熠熠

历史的奥秘和本原

岁月的宝座和讲坛

永恒的圣河和乐园

祖先给了我们芬芳飘香的世界

我们以太阳做她的王冠

金闪闪的御座阳光灿烂

伟人的天宇是高塔之端

就像我们先人的高风亮节

诸时代、各国家注视着你们

卡尔纳克[1]和金字塔凝望着你们

祖国的儿孙啊，难道你们没有热忱

像先辈一样去建树伟业

向前、向前、永远向前

为了显赫的光荣、至高的尊严

1　卡尔纳克：上埃及卢克索（底比斯）的神庙。建筑高大巍峨，雕饰精美绝伦，是世界著名的古代文明遗址荟萃地。

让我们把埃及作为全部江山
让我们把埃及当做一切和信念

（郭黎 译）

尼罗河谷的春天

致小说家霍金[1]

三月到了，来吧朋友们
欢呼春天——精灵的花园

同杯共盏的酒友聚集在它的旗下
快在它的广场铺开盛筵的地毯！

醇酒已经备好，快倒上一杯
纯正的美酒并非总有机会斟满

坐下吧，在盛开的鲜花芳草上
鼓掌吧，为琴弦和杯盏的合欢

友好地与斟满酒的人相处吧，陪伴着
尊贵的客人，他们如晨星般灿烂

温和文雅，有如国王的酒友
他们豪爽慷慨，风度翩翩

把你的晨酒当作娇女吧
她的父母是葡萄和苹果园

---

1 霍金（一八六〇年至一九三七年），英国牧师、小说家。他曾周游埃及、
   巴勒斯坦、叙利亚、土耳其和希腊等国，他的五十余部小说中不少都是以
   这些国家为背景创作的。

尽管酒坛零落，只要她嫣然一笑
这里就充盈着香气和旃檀

她肆意泛滥，一旦记起自己的高贵身份
便向醉者恩赐清醒的珠宝项链

法老王把她珍藏，留待胜利之日
充当向法塔哈神[1]的供献

歌会上歌手如林
小鸟隐身在大树后边

他在弦上放歌，引得
翠鸟在枝头鸣声妙曼

雪白小帽，乌黑长衫
她们用项圈和晨光装扮

她们在枝叶上轻吟悄唱
像复活节之晨的修女一般

在长椅与讲坛间款款徐行
在那绿草如茵的广阔神殿

***

草木之王，每块土地都是他的行宫
你在婚礼和喜宴才得以一见他的容颜

---

1 法塔哈神：古埃及人信奉的神祇之一。

他的旗帜展开，殷红
纯白，在高丘上一耀一闪

丛林为迎迓他而披上盛装
在他的羽翼下尽情撒欢

以水仙的明眸遮盖屋舍
时而、时而有菊花的丹唇装点

紫罗兰面对他的威仪低下头
清风的芬芳飘在她们的华冠

玫瑰在丛深之处绽放
枝枝并蒂把法塔哈神颂赞

她是园中行列的先锋，一枝独秀
比百花多具一副尖刺、刀箭

微风掠过她的两腮吹来
如柔唇拂过俊俏的脸盘

死神在夜间蹂躏清晨之手
织出她的美貌与风采

她的凋残和每个谢世者都在提醒你
生命就是朝出暮归，去去来来

洁白的长寿花挂在枝头
宛如长矛杆头镶饰的珍珠串串

茉莉花的柔顺和纯净
仿佛是花园宽厚的襟怀

透过枝杈的间隙光闪熠熠
如同黎明时分晨曦的隐现

石榴花是泼在叶子上的鲜血
像屠夫的印章刻下深红的字迹斑斑

哀怨的紫罗兰恍若丧子的妇人
怯懦、善良地面临命运的摧残

在指甲花上满是柔情和忧愁
就像诗人在痛苦中的思绪万千[1]

柏树披着宽大的黑纱，露出
腿脚，像活泼的少女姿影曼倩

枣椰树亭亭玉立，全身披挂
它用腰带和彩条梳妆打扮

像法老王的女儿们观赏仪仗队
在阳光明媚的日子，斜倚羽扇

你看，天空有如一座大理石墙
错落有致地布置着绝妙的画面

---

1 作者在此句运用了谐音双关，上行的"指甲花"与下行的"思绪"在阿拉伯语中是同一个词。

天上的云彩像鸵鸟，丰满的，
悠闲俯卧；另一群，振翼盘旋

太阳比新娘还要娇艳
新婚之日她的面纱金光灿灿

河谷的流水仿佛溢自
水银和剑锋的光闪

白天的阳光投向水中
浮游的睡莲佩上了光环

散射的微光在莲叶间骄傲
就像珠宝在掌心自豪坦然

小溪像村姑娘在啜泣
呻吟哽咽令悲者心酸

她们哀哀倾吐相思之恋
嘤嘤涕泣，泪水潸潸

每条袒露胸怀的溪流都会口渴
清水在她腹中，立时就干

她孱弱时就垂泪，疾行时便欢笑
如同骆驼时而生气蓬勃，时而气息奄奄

她在锁链之间奔走，她的邻居
是盲目之牛，在沉重的轭下蹒跚

***

我凭借对美好春天的追忆
把青春时欢乐的往事缅怀
难道它只是百花中的一朵
死亡匆匆把她无辜摧残？

***

霍金：埃及是一部鸿篇巨制的小说
永远不会结束在作家的笔端

从纸草书到《旧约·诗篇》
《摩西五经》《古兰经》

从美那王、冈比西到亚历山大
从恺撒大帝到光荣的萨拉丁 [1]

森森万象、悠悠岁月都是宝藏
唤起你的灵感吧，让它把钥匙带来

这块国土，你正置身于它的地平线
那里群星闪耀，灯火璀璨

（郭黎　译）

1　萨拉丁：中世纪穆斯林世界著名军事家、政治家，埃及阿尤布王朝首任苏
　　丹（一一七四年至一一九三年在位）。因在阿拉伯人抗击十字军东征中表现
　　出的具有卓越领袖风范、大将风度的军事才能而闻名于基督徒和穆斯林世
　　界，在埃及历史上被称为民族英雄，也是阿拉伯民族引以为傲的历史人物。

穆罕默德·阿卜杜勒·穆塔里布
（一八七〇年至一九三一年）

"大漠诗人"穆塔里布出身于埃及索哈杰省的朱海纳市非常古老的艾布·哈伯尔氏族，其祖先属于随圣门弟子从沙特希贾兹迁徙而来的朱海纳部落。

不满十岁时，父亲为了给他开发智力和培养口才，送他至私塾，读诗学文，背记《古兰经》，之后又送他至爱资哈尔大学学了七年，又让他进入师范学院跟随当年的各位文学大师学习四年，毕业后，他出落成一位彬彬有礼、意志坚定、胸怀民族的知识分子。

埃及一九一九年革命[1]期间，穆塔里布撰写诗文参与其中，成为埃及爱国主义诗人中的一员。

穆塔里布是位多产诗人，他的长诗短调格律严谨，用词洗练，"颇有伊历三四世纪伊斯兰初期的诗歌风韵"。

穆塔里布去世后，朋友将其诗作集结成册，出版了《穆罕默德·阿卜杜勒·穆塔里布诗集》。

除诗歌创作之外，他还撰写了有关阿拉伯语和阿拉伯古代文学的著作，并创作过以古代人物为题材的诗剧。

---

1 埃及一九一九年革命：主要目标是反对英国对埃及的统治。

埃及颂歌

埃及拥有绝世荣光，荫庇大地，
任凭时光世代流转，斗转星移。

亲手打造金字塔的奇迹，
世代传颂她辉煌的过去。

丰功伟绩传遍广袤大地，
万古仍流芳，绵延接续。

山中可寻岁月留痕，历史遗迹，
花岗岩无言诉说过往点点滴滴。

最完美的国家治理体系成就埃及，
她的王冠上天体有序，星辰集聚。

祖辈率领舰队远航张帆，
大海为之气势倍感羞惭。

首座城池在埃及大地蓦然出现，
异域邻邦及蛮荒之地渐稠人烟。

平心而论，埃及堪称人类思想的先贤，
但变化无常无疑是司命之神的习惯。

曾有世人以擅长炼铁为其炫耀的本钱，
埃及则以不世之功傲视群雄，天下遍传。

承蒙耶稣、穆圣的教诲世代相传，
苍鹰难逾其顶天立地的荣誉宝殿。

基督徒、穆斯林个个信仰至虔，
出卖祖国无异于对神灵的背叛。

外人休玩阴谋挑拨离间，
以破坏埃及统一的局面。

（齐明敏　译）

哈菲兹·易卜拉欣

（一八七二年[1]至一九三二年）

被誉为"尼罗河诗人""人民诗人"。他的父亲是一位尼罗河水利工程师，所以诗人出生在一艘停泊于尼罗河的船上，在这艘船上生活了四年。之后父亲突然离世，母亲带他投奔在开罗的工程师舅父，后随舅父一家搬到坦塔。

哈菲兹少年时并未按部就班地在私塾或学校系统读书，直到十六岁考入军事学院。一八九一年毕业后曾在军事部[2]、内政部任职几年。"后被派往苏丹服役，因参加军队哗变，受过审判，被迫退役长期赋闲。"[3]一九一一年起在埃及国家图书馆和档案馆任文学部主任，直到一九三二年退休，几个月后便逝世于

1　关于诗人的出生年月，有说是一八七一年。而维基百科阿文版、阿拉伯语"诗人之门"辞海网站、阿拉伯语"话题"网却认为他出生于一八七二年。"话题"网提到一个细节：哈菲兹·易卜拉欣的出生年月原本连他自己都说不清楚，当他一九一一年到国家图书馆和档案馆赴任时，要填写出生年月日，于是官方委派一个医疗委员会对他的年龄进行鉴定，鉴定结果为：他时年三十九岁，出生于一八七二年二月四日。

2　军事部：国防部的前身。

3　仲跻昆《阿拉伯文学通史》下卷第 835 页。

开罗。

哈菲兹自幼博闻强记，成年之前就开始关注诗歌、关注文学。他阅读并背诵过大量阿拉伯文学作品，"几万首古诗、新诗和几百卷书"，尤其欣赏诗人巴鲁迪，后来更是成为推动"复兴派"诗歌的坚强臂膀。

大量阅读和背诵赋予哈菲兹的诗歌朴素而丰富、平实而深刻的诗风。哈利勒·穆特朗[1]曾这样评价他："他就像这样一个容器：从自己内心深处的民族情感获取灵感，与个人的感受和感触相交融，化作激昂奔放、感人肺腑的诗句，每一位国民都可从中感知自己心声的反响。"如此诗风不仅源自涌动着爱国激情的诗歌内容，也源自他活泼、机智的个人风采。

哈菲兹一生致力于诗歌创作和翻译。他将雨果的《悲惨世界》译成阿拉伯语，用玛卡梅[2]韵文体创作《塞蒂哈之夜》，《哈菲兹诗集》更是收有五千余行诗歌。

1　哈利勒·穆特朗（一八七二年至一九四九年）：以"两国诗人"著名的大诗人。详见本书第49页作品。

2　玛卡梅：十世纪流行的一种阿拉伯韵文故事。"玛卡梅"原意为"集会"。每逢集会便有艺人说唱故事，主人公多为富于机智和口才的落魄文人，说唱时所用的韵文即称"玛卡梅"。

丹沙微事件[1]

啊，统治我们的当政者！
难道忘了我们的友善和诚笃？

让军队高枕无忧吧
追逐猎物，周游四处

假如那片沙丘缺少鸽子
那么就请你们狩猎家奴

我们和鸽子没有区别
项圈把我们的脖颈紧箍

莫认为我们忤逆不孝，假如
我们陷入迷津，请指出正途

不要以一个死人来向一个民族报复
他狩猎时，阳光把他的魂魄生俘

我们不明真相的人们来了，你们也来了
带着两倍于他们的暴虐和残酷

---

1 一九〇六年夏，一群英国军官路经米努夫省丹沙微村。该村以出产白鸽著
称，英国军官遂停下在村子附近猎鸽，与村民发生冲突，其中一个军官在
烈日下倒地休克，后不治身亡。英国殖民统治者以此事为借口，采取恐怖
手法，殴打和镇压反英民众，遂组织"特别法庭"，以三个英国人和两个亲
英的埃及人为审判官。四位农民被绞死，两位被判处终身徒刑，九个被判
处苦役，其余的人受到鞭笞。这就是埃及近代史上著名的"丹沙微事件"。

痛痛快快杀人吧，假若你们舍不得赦免
你们意欲设下毒计，还是真心要平怒？

痛痛快快杀人吧，假若你们舍不得赦免
你们射中的是活生生的人，还是僵滞之物？

但愿我知悉，是那"异端裁判所"[1]又
重新恢复，还是尼禄[2]时代并未作古？

强者怎能随心所欲地向
已将笼头递上的弱者报复？

鞭尸扬骸固然能消怨解恨
我们不是你们怨仇的债主

在我们的土地上善待我们吧
君子对君子总是宽宏大度

五条罪状之外再加二十条
教训我们沉默，尽管内心不服

尼罗河的民族不屑与射杀它的人
为敌，它对结仇深感惊怵

---

1 "异端裁判所"：又译"宗教法庭"，十三世纪由罗马教皇格里高利九世建立的天主教会侦查、审判"异端"的机构，残酷镇压"异端"和一切揭露教会黑暗的人。

2 尼禄（三七年至六八年）：古罗马皇帝，以暴虐、放荡闻名。曾杀死母亲、妻子和老师。相传他唆使人放火烧毁罗马，又以此为口实，残暴地屠杀基督教徒。

在它的土地上只有话语，只有
踉跄而行的一阵哀诉又一阵哀诉

***

最高检察官[1]啊，请稍慢
你终于实现了大业宏图

我们担保你在埃及的统治
我们担保你的子孙作威作福

当你坐下治理国事时，请记住
埃及的忠诚，你已经使人心平服

埃及，尼罗河不复在你身上流淌
甘霖不复一如既往，慷慨付出

啊，埃及，是你栽下这棵草木
它却在你身上长成带刺的植株

是你哺养了枭鸟，它昨天振翅一挥
顿使千万心灵和肺腑血流如注

噢，操生杀大权的法官，噢，当
光阴一时疏忽而耀武扬威发号施令之徒

你是刽子手，别忘了，我们
是在你的手下穿起丧服！

（郭黎 译）

---

1 最高检察官：指"丹沙微事件"特别法庭首席法官，亲英的布特罗斯帕夏。

一九一九年埃及妇女大游行[1]

贤妻良母走上街头抗议
我注视着她们的聚集

她们以黑色衣裙
当做自己的标语

犹如星座冉冉升起
照亮了黯暗的天际

她们昂然穿过大街
直奔萨阿德[2]的府邸

她们的长发披露在外
神圣庄严地向前走去[3]

突然军队迎面开来
四下是撒野的马匹

突然兵士们的长刀
向她们的胸前紧逼

---

1 一九一九年三月,埃及独立运动领袖扎格卢勒遭到英国殖民者逮捕,成为
全国反英运动的导火索。学生、工人纷纷罢课、罢工,举行示威游行,爱
国妇女也第一次走上街头投身民主主义运动。

2 萨阿德:萨阿德·扎格卢勒(一八五八年至一九二七年,出生年份亦有
一八五七、一八五九、一八六〇等不同说法),埃及资产阶级民主革命的
领导人。一九一八年率代表团赴伦敦,要求埃及完全独立,一九一九年组
织华夫脱党。

3 在伊斯兰国家,传统观念认为妇人披露头发是不庄重的举止。

大炮、火枪
利剑、矛戟

战马和骑警已把
她们的四面围成坚壁

玫瑰和芳草，在这天
成了她们唯一的武器

两军对垒的数小时
婴儿也惊骇得黑发变成银

妇女们渐渐衰惫，
她们哪有过人的膂力

队伍被冲得零落混乱
纷纷向各自家中散去

让骄傲的军队庆贺吧
庆贺摧毁妇女的胜利

似乎德国人曾经
蒙着面纱和她们一起

似乎兴登堡曾经
潜入埃及指挥妇女 [1]

1　兴登堡，第一次世界大战时的德军统帅。一九一四年英国宣布埃及为其保护国后，曾胁迫埃及在大战中加入协约国一方。故作者用"德国人"和"兴登堡"来讽刺镇压妇女游行的英国殖民军和埃及军队。

所以大兵们对她们如此胆怯

对她们的愤怒如此悚栗！

（郭黎　译）

哈利勒·穆特朗
（一八七二年至一九四九年）

　　一八七二年七月一日出生于黎巴嫩东部巴尔贝克省，但他大部分生涯是在埃及度过的，故被称为"两国诗人"[1]。后又被誉为"阿拉伯各国共同的诗人"。

　　穆特朗在黎巴嫩扎哈拉市天主教教会学校读了小学和中学，为其阿拉伯语和法语打下了扎实的根基，更重要的是培育了他阿拉伯文化和法国文化的双重修养。

　　穆特朗很早就显露出作诗的天分，他曾用诗歌作武器，鞭挞奥斯曼帝国的专制统治，为此被惹恼的当权者有意除掉他。穆特朗只好远离故土，先到法国（一八九〇年），除了学习西方文学和文化，他还参与了同在法国的埃及人反对奥斯曼统治的活动。一八九二年，他离开法国前往埃及，从此定居埃及，生活、工作和创作。他先后创办了《埃及杂志》《埃及面面观日报》，在此期间协助穆斯塔法·卡米勒推动爱国主义运动，同时还翻译出版了一系列西方文学作品，例如莎士比亚的戏剧《奥赛罗》《哈姆雷特》《威尼斯商人》等，并开创了阿拉伯"叙事诗"的

1　两国诗人：意思是他同时属于黎巴嫩和埃及两个国家。

一代先河。

　　穆特朗的诗"富于想象，感情强烈，善于描绘细节，注重内心活动的自由表达和结构上的完整性，与邵基、哈菲兹等复兴派诗人相比，他更多地摆脱了古代诗歌在修辞、格律上的框框，开了一代新诗风尚，对阿拉伯诗坛产生重要影响"[1]，他与邵基和哈菲兹是同时代的大诗人，且志趣一致，观点相近，都有强烈的爱国主义情愫，常常不约而同为同一题材创作诗歌，为阿拉伯文坛复兴起到巨大推动作用，因此，他与邵基和哈菲兹三人被冠以"现代诗坛三杰"的荣誉称号。

1　郭黎《阿拉伯现代诗选》第68页。

中国长城[1]

诗人

皇帝为何辗转反侧通宵不眠？
难道鎏金的御榻把烦恼载着？

您就是希望，您还希望什么？
您就是威慑，您还惧怕什么？

国土是躯体，您就是它的头颅
在您的双手上，太阳东升西落

皇帝

我不幸得到的是在屈辱中发酵的民族
知足常乐是他们饮酒的好去处

没有什么耻辱能激怒他们，哪怕灭顶之灾
一个不会发怒的民族还有什么远大前途？

如果有位丧子的哀妇嘤嘤抽泣，只要你
一声叱喝，你便发现她不再啼哭

如果你禁止干渴的人喝水
哪怕肝肺起火，他们也会停住

---

1 在这首诗中，作者运用象征手法，激励埃及人民的斗志，告诉他们，只有
奋起反抗英国殖民主义者，才能真正享受和平与安宁。

如果你以劳苦熬化他们身上的油脂
他们的心也不会感到劳苦

他们的思绪纠缠在自己的逆忤之疾
我惶惑，不知该怎样去诊护

僵固对于他们的灵魂更为仁慈
对于防御更为坚强、巩固

朕欲为他们建一道永恒的城墙
像大地那样不会倒塌，不会败腐

蹉跎岁月和所有常胜之军均
败于它脚下，它的坚毅将一切征服

霹雳随心所欲地摇撼它的肩膀
它的肩膀硬朗如铸

雷霆的利齿火烧火燎将它吞噬
它把雷霆砸成碎片，自己完整如初

大地的脊梁在它膝下颤抖
它的膝盖从不在大地上畏缩

朕以它来保卫国土坚不可破
跃跃欲试的野心家在它面前踏上退路

以朕之名义召唤诸侯和臣民
聚集起涣散溃乱的各部

朕欲以它抹去先人的画图
中国的亘古从此遮上帷幕

人们以为，朕之年代即开天辟地之时
如此，朕孜孜以求的荣耀非朕莫属

诗人
啊，皇上，您的功绩
高过我们的颂扬和赞誉

多少奇怪的侵略以您为敌
您的宽宏大量举世称奇

宝剑出鞘之际，您却把多少
仁慈套在异邦他族的脖颈

您赐给奴隶多少恩惠
如太阳催生芳林，染抹黄金

这足以使您在天地间万世流芳
存留之物最清白的是：德行

您完全可以自豪，最强大的民族
归入您的版图，以您的尊号为姓

又何必抹杀先皇们的英明
那些伟人早已仙逝归阴

倘若您从史书中擦拭他们的功绩
那么岩石亦可雕凿，刻刀亦可编订

人们在您百年之后知悉了他们的消息
日子一长，您就会受到谴责攻击

宿命以它的诺言将您欺骗
自由人易受欺，骗人者是希冀

假如您正视现实，就会看到
美名不能追回正在逝去的生命

即使您把城墙筑得再高
直到星辰在它的顶端站定

即使用山岭充当它的基石
紧密叠合，水泼不进

人们仍能创造出比它更
伟大、精湛、新奇的珍品

制造出喷吐炽烈烟云的
炸药，燃亮崇山峻岭

白种人仍能向北京进军
肆无忌惮地掠抢、夺取

舰队载着他们越海而来
犹如风暴中乱舞的精灵

人们家园四周的围墙有何意义
当他们的心灵软弱，战战兢兢

比禁锢他们的天地更好的
是大大开拓他们的天地

苟安杀死了他们的英气
国家存亡在于他们严密的警惕

任凭什么也保护不了衰弱的民族
除非经历过劫难考验的勇气

它才是抵御敌寇的坚壁
它才是不可抗拒的威力

（郭黎　译）

沃利尤丁·耶坤
（一八七三年至一九二一年）

埃及近现代著名诗人。一八七三年出生于土耳其伊斯坦布尔，父亲是土耳其人，母亲是塞加西亚人。沃利尤丁·耶坤随父前往埃及后，一八七九年，父亲去世。之后，在埃及做财务经理的叔叔收养了时年六岁的耶坤，并抚养其长大。

耶坤自幼喜爱文学，精通土耳其语和法语，会讲英语和希腊语。不到二十岁就开始为报社写文学类和政治类的文章，获得好评，因而成名。

耶坤做过官，从过政，但这些经历没有耽误他出众的文才，"既能撰文，亦能作诗，在散文和诗歌之间无缝转换"。他的短篇诗歌风格流畅、词句简单，摆脱了当时广泛流行的骈文的束缚。

耶坤目睹了奥斯曼当权者的独裁和专制，奋起抗争，曾与友人办报抨击时政，所以很快就被封杀。但他笔耕不辍，一直为埃及许多大型报刊撰写犀利檄文，直至被捕，流放至土耳其锡瓦斯。

一九二一年，耶坤在埃及去世并葬于开罗。三年后，他的兄弟约瑟夫将其诗歌收整成集——《沃利尤丁·耶坤诗集》。他的遗作还包括一些论著和译著。

众人苦难皆自取

世上众人无不觅求欢愉，岁月韶华往往不予丰赠
生活原本便与世人为难，人类初始就同命运抗争
微利之诱使人憔悴消瘦，世间琐事无不诓骗万众
几多有所求者愿终难成，几多有所托者念终不胜

忧患重重，从未有苇笔写尽怨言
更不见口舌诉尽屈冤
仇敌啊，祝你平安！唯有怨恨得解，才有和平稳安

是否，你厌倦了他们的碎碎祈盼？
其人已庸碌无能，其志早难称高远

有人不愿中伤他人，劝善戒恶，心存善念
有人邀我劝诫，然世间已无理性可言
服从更成了天方夜谭

我已厌倦了说教与空谈，律令和规定委实无助于谏言
我已戒除了往日的天真烂漫

如今，我无所信仰，亦不为人所念
对逝去的时代我并无惜惋
然而，我却曾捍卫一段无法捍卫的时间

曾经的我执着于克制欲念
以为自身终能免遭背叛

当今世上杀戮难停，战争好似狂欢饮宴
苇笔也曾发出请求，战争始终不予回电

于是再度呐喊，竟持矛头相迎
厮杀交战，臂膊高举，挥刀舞剑

痛惜青春，泪水模糊双眼
心在哭泣，只因泪滴已干
对天起誓，无从所劝
世间忠告早无地位可言

放了我吧，我的期许实属奢谈
从此我与期望一刀两断！

（李世峻　译）

艾哈迈德·穆哈拉姆
（一八七七年至一九四五年）

埃及近现代民族主义诗人。一八七七年出生于埃及布海拉省，他是生性自由的诗人，自小学习历史，背诵《古兰经》、圣训和诗歌。他亲身见证和经历了一九一九年埃及革命。

穆哈拉姆与穆斯塔法·卡米勒和萨阿德·扎格卢勒[1]生活在同一时代，深受他们的影响，主张社会改革和民族团结，呼吁用阿拉伯民族主义的旗帜抗争。

穆哈拉姆是阿拉伯"复兴派"代表诗人之一，主张"自由而守则"[2]地创作诗歌。他在诗中歌颂阿拉伯的英雄群体可歌可泣的历史功绩，用以激发民众民族自豪感和英勇无畏的精神。

一九一六年，穆哈拉姆的诗歌和其他散文获得了多个奖项。一九三二年九月，阿波罗诗社正式成立，由此揭开了二十世纪三十年代浪漫主义文学的新篇章。诗社对整个阿拉伯世界敞开大门，首届主

---

1 萨阿德·扎格卢勒（一八五七年至一九二七年），埃及政治家、民族英雄和民族独立运动的先驱。
2 "自由而守则"：意思是，内容上要创新，即主张诗歌反映社会现实；但形式上要"守旧"，即主张遵守传统格律。

席是艾哈迈德·邵基，副主席由穆特朗和穆哈拉姆担任。

穆哈拉姆除了诗坛的杰出耕耘，还撰写过大量报刊文章和文评著作，直到一九四五年去世。

埃及人民纪念穆斯塔法·卡米勒

不朽英雄[1]呼吁青年一代摆脱梦幻，
回声点醒他们抖擞精神参与奋战。

他始终全副武装，披挂上前，
《旗帜》[2]下聚集拥趸千千万。

《事实报》[3]老矣，他却正青春少年，
朝气蓬勃，乐观阳光，永存世间。

诚如闪烁真理之光的宝剑，
锋刃上是耀眼的爱国信念。

如此勇士毕生难见，
如此华丽，如此刚坚。

---

1 不朽英雄：此处指代穆斯塔法·卡米勒。穆斯塔法·卡米勒（一八七四年
  至一九〇八年），埃及民族主义领袖、评论家、思想家。一八九四年起投
  入政治斗争，要求英国撤军和埃及独立。埃及祖国党创建人。一九〇〇年
  创办《旗帜报》，开设学校，借此唤起人民的觉醒。一九〇六年六月十三
  日，英军在丹沙微村滥杀无辜的事件发生后，他组织集会、游行和签名
  运动，强烈谴责英军的暴行，要求释放无辜村民，全国掀起了反英高潮，
  迫使英国总领事克罗默伯爵艾弗林·巴林下台。一九〇七年十月，卡米
  勒成立民族党并任主席，但数月后即一九〇八年二月十日便去世了，年
  仅三十四岁。
2 《旗帜报》：一九〇〇年由穆斯塔法·卡米勒创办，目的是启蒙埃及人民奋
  起反抗英国殖民。
3 《事实报》：《埃及事实报》，中东地区历史上第一份阿拉伯文报纸。
  一八二八年由穆罕默德·阿里下令创办，起初用土耳其语和阿拉伯语双语
  撰写新闻，后仅用阿拉伯语撰写。

利刃捍卫了埃及的颜面，
守护了它的东方价值观。

目睹侵略者在埃及大地横行盘桓，
反对总督决议，揭露其真实嘴脸。

真主托付他民族自尊，如托付使者一般，
在万千子民之中，单单佑助他得胜凯旋。

当他莅临尼罗河谷，人们高呼"大哉真主"，
庆祝"真主的选民"[1]穆斯塔法获领袖之衔。

埃及大地盛传他的宏愿，
复兴大业遍及尼罗两岸。

仇寇横行，他勇当架梁椽，
奉献坚贞一生和卓识远见。

谁说反英圣战不需侠肝义胆？！
他甘当烈士，不惜把生命奉献。

他教育国民要有爱国情感，
用生命谱写报国壮丽诗篇。

他拒绝气馁，鄙视委曲求全，
让同胞相信，夙愿终将实现。

---

1 "穆斯塔法"一名的本义为"被真主选中者"。

他曾写下"我的祖国",表达眷恋,
倾诉爱之深,痛之切,情义满满。

一片真情,对祖国日思夜念,
深情爱戴赤子心,披肝沥胆。

盖斯对莱依拉的爱无法与之相比,
哈扎米对阿芙拉之恋[1]亦不能比肩。

他奋起履行使命,天下无不响应,
传颂他的伟岸,弘扬其盖世功名。

他是吉祥的启示之光,雪亮澄莹,
启迪困惑的民族,指引迷途大众;

他是真理的使臣,从未恣意妄行,
身心熬煎,却未屈服于顽疾重病[2];

大众心灵偏离正轨,他用智慧给予纠正,
那些蠢货[3]却指责他伪善诡诈、居心不净。

他令顽固敌人服从一只手[4]的命令,
这只手可以摘取高悬苍穹的火星。

---

1 盖斯与莱依拉、哈扎米与阿芙拉,均为古代阿拉伯民间传颂的忠贞不渝爱情之典型。
2 穆斯塔法生前患肺结核,病情严重。
3 蠢货:指一八八三年至一九〇七年英国驻埃及总督克罗默伯爵(一八四一年至一九一七年)。
4 一只手:指的是穆斯塔法的正义之手,这只手使克罗默伯爵败下阵来。

这只手擒获克罗默，将其告上法庭，
克氏终于受到自己实施苛政之报应。

他曾欺压大地上手无寸铁的普罗大众，
甚至比苍天之上"债权人"[1]逼债更凶。

最终克氏放下武器，乌鸦般聒噪预示不幸，
没有军队挺他，只剩胡言乱语、条理不清。

克氏倒台，大军听闻胆战心惊，
海上舰队惶惶不安，万分惊恐；

司法正义惩罚了丹沙微暴行，
纠正了克氏之前的罪恶举动[2]。

当其命令传至弱小百姓之中，
鸽子停止哭泣，唱出欢快歌声。

为民解难的人啊，你已长眠不醒，
而刽子手们并未对百姓手下留情。

呕心沥血为人民，壮志未酬竟殒命，
但你可知百姓的苦难是否已然告终？

命运捉弄，他们已然弱不禁风，
岁月无情，他们肩头压力愈重。

1　苍天之上"债权人"：指真主。在伊斯兰教教义中，世间万物都是欠下真
主情义的债务人。
2　指克罗默伯爵下令屠杀丹沙微村农民为英军官报仇。

多年沉疴使劳苦大众尝尽苦痛，
如无信念，怕已选择结束生命。

曾为他们后盾的你，过早归天，
如医生走远，无人来救治诊断。

你忠诚的继任者们还在努力奋战，
人们如遇问题可向他们寻求答案。

他们已把你的热忱化作法律条文，
甩开那些偏离正轨、一意孤行之人。

他们是埃及和平年代的栋梁之辈，
亦是埃及起义时可靠的武器装备。

一代青年呼唤：埃及，起来！斗争！
山穷水尽之后，终于迎来柳暗花明。

一旦他们开始寻找独立路径，
会将不能变可能，力争全胜。

这是你筑起的参天大厦，
真主会保佑它存世永生。

这是你垒就的中流砥柱，
护佑埃及奋发实现复兴。

你劝告那些生活优渥之众，
百姓正处于水深火热之中；

不要以自己的欢乐喜庆，
嘲讽送葬、受灾的弟兄。

因为你，人们懂了生命之意义，
看清了死亡下面藏着何种秘密；

明白了一味认命只能招致受辱受屈，
命运的体质属两面三刀、心口不一。

行尸走肉无不伪善，猫哭老鼠，
无不败絮其内，表面衣冠楚楚。

如将政治活动比作宗教事务，
你定是当之无愧的"伊玛目"[1]。

一旦死神惩处刽子手、暴君，
天下即刻解放，正义将重申。

埃及百姓的头号仇敌，
就是那认贼作父之人。

伟大祖国是全体子民的保护神，
是祖先长眠的地方，叶茂根深。

从无爱国将士出卖自己的祖国母亲，
没有谁会听凭她被迫流入交易之门。

1　伊玛目：现专指伊斯兰宗教团体组织内部地位最高的领导人，也就是宗教
领袖或精神领袖。

埃及人民，高尚品行，
从不背叛，对友忠诚。

有人听信谗言且信以为真，
根本不知真相，缘由起因。

如若尼罗被掠，我等不配称其卫士，做其子孙，
为了保卫尼罗，我们不惜血流成河，牺牲青春！

（齐明敏　译）

麦莱珂·希夫尼·纳绥夫
（一八八六年至一九一八年）

著名诗人希夫尼·纳绥夫之女，埃及近现代著名女作家、女诗人，二十世纪初埃及妇女解放和社会改革的倡导者。

麦莱珂出生于开罗，是历史上第一位获得小学毕业证书的埃及妇女，毕业后在母校——开罗逊尼学校[1]师范部继续深造，一九〇三年又成为第一位成功毕业的埃及女教师，经过两年的教学实习，麦莱珂拿到了高等教育毕业证书（相当于副学士学位证书）。

婚后她搬到新家，目睹了普通埃及妇女低下的生活状况，于是决定用全部精力呼吁社会改革和妇女解放。她受艾哈迈德·鲁特菲·赛义德[2]之邀为报纸"女性"专栏写文章，当时用的笔名是"沙漠女研究员"。很快，她关注国家和民族命运、关注西方文明的文章以及笔名就引起广泛关注。

麦莱珂一直忙于撰文写诗、作报告，为民族独立、妇女解放奔走相告，但自己却因丈夫患病不能生

1　逊尼学校：埃及暨整个中东的第一所女子学校，一八七三年建成。
2　艾哈迈德·鲁特菲·赛义德：被誉为"阿拉伯文学之柏拉图"的二十世纪埃及启蒙思想先驱。

育而被泼脏水，以至患抑郁症，直到一九一八年去世，时年仅三十二岁。

一九一〇年出版了《女性》文集，后人在她身后收集整理了她发表过的文章和诗歌，出版了《沙漠女研究员遗作》。

莫要怪罪（节选）[1]

……

你理应行走如云，不慌不忙，
避开拥挤路，选那僻静一方。

莫言听计从，或穿着性感，或全副武装，
莫要衣裙过长，莫要拖天扫地行走街上。

盖头[2]戴否，本不算难题，早有规章，
奈何宗教学者各说各理，各持一方，

只有对嫁娶之时不着盖头一致意向，
盖头与面纱实非一物，可短亦可长。

假若不知两物区别，尽可请人帮忙。
既有宗教权威，我何苦对此论短长。

你总是责备于我，到底这缘起何方？
你那伤人恶语的苦涩，我早已饱尝。

1　本书所参考的蓝本只刊载了这首诗的节选，出于何种考虑不详。译者只将
　　节选译出。
2　盖头：穆斯林妇女包裹头发的头巾。

时而斥我站边卡西姆[1]或艾布·阿里一方，
诬告我是朝三暮四的典型，这太过荒唐！

时而又说我掩人耳目，粉饰乱象，
对待自由妇女就像对待女奴一样。

我言辞明确，不劳你来解释分析，
事实真相早已清楚，故毋庸置疑。

提面纱，你不语，既已开头，请你继续！
到底因为何故你竟心猿意马，装不在意？！

真主无误，而我则未及关注许多问题，
但又有谁能做到每篇文章皆尽如人意？

除女性美德，我皆不关注，你可统计，
假如与我看法不一，那就只好随便你！

（齐明敏　译）

1　卡西姆：卡西姆·艾敏，埃及妇女解放运动的倡导者。曾与伊斯兰教改革
家穆罕默德·阿布笃及萨阿德·扎格卢勒交往甚密，受到他们革新思想的
影响。后去法国入蒙彼利埃大学，专攻法律。回国后在埃及司法和检察机
构工作。曾参加埃及人民的独立运动，作为维护女权和妇女解放运动的先
锋者而闻名。一八九九年发表论文集《妇女的解放》，引起强烈反响。

阿卜杜·拉赫曼·舒克里
（一八八六年至一九五八年）

埃及近现代浪漫主义诗人、作家，笛旺诗社[1]三大代表诗人之一。

祖籍摩洛哥，生于埃及塞得港。父亲早年参加奥拉比领导的抗英斗争而入狱，诗人深受父亲影响，爱国的种子很早就植根于心中。但他把"革命"的火种播撒在文坛上，用笔来唤醒民众，参与斗争。

一九〇六年，在法学院读书的舒克里"因写诗支持穆斯塔法·卡米勒领导的反对英国殖民主义统治的民族运动而被开除"[2]，由于共同的爱国情感，舒克里在这段时间结识了后来笛旺诗社的另外两个创始人——大诗人易卜拉欣·马齐尼和阿巴斯·迈哈穆德·阿卡德[3]。

舒克里转学至高等师范学院，学到了阿拉伯文学和西方文学，并在一九〇九年出版了第一部诗

1　笛旺诗社：又称"诗集学派"。二十世纪初叶活跃在埃及文坛的革新诗派。主要特点是将阿拉伯传统诗歌与英国浪漫主义诗歌结合，创作与"复兴派"相区别的浪漫主义诗歌。
2　仲跻昆《阿拉伯文学通史》下卷第839页。
3　本书对两位大诗人有专门介绍。

集《曙光集》。毕业后，赴英国谢菲尔德大学学习英国文学和历史，深受英国浪漫主义文学的影响。一九一二年回国后一直在教育领域耕耘，并坚持诗歌创作。

舒克里将英国浪漫主义诗歌与阿拉伯传统诗歌相融合，逐渐形成了自己的诗作风格，成为阿拉伯浪漫主义诗歌的先锋之一。他的诗歌中既有阿拉伯文学的独特魅力，亦有欧美文学的积极影响，从诗歌内容到诗歌形式都有所创新。

在"笛旺派"的诗人中，舒克里创作的起始时间最早，成就最杰出，其创作活动只专注于诗歌领域。他先后发表过七部诗集，"对埃及现代诗歌的发展有着不可忽略的贡献"。

一九一九年后，他"右手几乎完全瘫痪，且没有家庭的温暖"，从此极少作诗，这之后直到逝世，他只写出五十三首诗。舒克里后期的诗歌色彩晦暗，音调低沉，表现愁肠百结的悲观主义情绪。

天堂之鸟

哦，天堂之鸟，难道
我的心不是你的花园？

那里有花卉，有流水
那里的树枝垂着纤长的花蔓

在园里尽情地歌唱吧
爱情的声音清脆甘甜

那里有你的旋律
那里有你的清啭

大树有笛管
琴身和弓弦

哦，天堂之鸟，难道
诗歌不是情感？

在你的啼声里有心的诗
不带谎话，不掺虚言

你不要模仿人们
真正的人尚未出现

为我吟唱一首诗吧
我们在诗中是兄弟伙伴

哦，天堂之鸟，难道
我的心没为你而慌乱？

难道你要鄙弃我的小花园？
园内并没有毒蛇蔓延

难道你要离开我的天空？
空中并没有兀鹰盘旋

难道你要憎恶我的心？
仿佛它虚假善变

从此我再也得不到你给予的幸福
从此我再也无缘与你相见

哦，天堂之鸟，难道
岁月不是斑斓的色彩？

命运颁布判决
苍生顺从求安

我看世界的奥秘
终有一天得以昭现

岁月的磨难向你猛扑
岁月能将一切刺穿

再也没有美，没有歌声
再也没有花，没有枝蔓

只有我心间，为你留存
怜悯和友善

假如恋人对你厌烦
假如弟兄将你背叛

假如焦灼和悲痛
使你的生活不安

假如美疏远了你
它的衣衫褴褛不堪

那就到我心里来经受这一切吧
我的心因为有了你而健硕丰满

那时你就知道，这颗心
由于你的爱而陶醉安恬

就在这里平安地筑巢吧
我的心因为有了你而欢颜

让我聆听你的诗吧
我俩在诗中相伴

鸟儿有没有悟性？
你不懂我的肺腑之言？

（郭黎　译）

阿巴斯·迈哈穆德·阿卡德
（一八八九年至一九六四年）

　　埃及近现代著名作家、诗人，笛旺诗社三大代表诗人之一。同时还是一位政治家、思想家、哲学家和文学评论家。

　　一八八九年出生在埃及阿斯旺的一个普通公务员家庭。一九〇三年小学毕业后便不再继续升学，而是选择自学。他的藏书多达三万多册。

　　阿卡德曾在不同的政府部门任职，但他生性不喜欢这种工作，所以没有一个职位能做长久。后来转而在新闻业工作，先后为《宪章报》等报纸和杂志撰写了大量文章。

　　阿卡德自幼喜爱诗歌与文学，十岁时就开始作诗。他的诗学理论注重诗人对内心情感的真实表达，主张采用灵活多变的韵脚，使诗歌成为"有机的统一体"，努力摆脱"复兴派"诗人流于形式和辞藻雕饰的弊病，将阿拉伯现代诗歌创作引入了更加注重情感表达的人文领域，极大地丰富了阿拉伯现代诗歌批评的内涵。他主张："让诗表达健康的心灵！不必在意诗的题材、功利。如果诗没有谈及社会问题、人们的热情、众人议论纷纷的事情和群众的呼声，也不要指责它冷漠。"[1]

阿卡德是位多产的诗人，创作过九部诗集。他还写过不少小说、文学评论、政论、人物传记、宗教哲学和专著等，对埃及乃至阿拉伯文学界影响很大，被认为是阿拉伯近现代文坛巨匠、一代宗师。[2]

阿卡德生前是开罗阿拉伯语言学会会员、大马士革科学学会通讯会员、埃及政府文学艺术和社会科学最高委员会委员。

---

1 仲跻昆《阿拉伯文学通史》下卷第 840 页。
2 同上。

蓝色衣衫

纯净蓝色魅力无边，
将大海和太空晕染。

是天上"裁缝"下旨试穿，
嘱你[1]披上蓝色的衣衫。

无须多余用闪闪星光点缀，
原本做工精细，色样美观。

无须用晶莹飞沫装扮，
蓝衫自有其绝世美颜。

自有细嫩润滑的双颊，
自有含羞放电的双眼。

我虽未及入海亲吻蓝衫，
错过吻它在美丽的蓝天。

而我在美丽的蔚蓝之间，
在洋溢生命的颜色之间；

拥有上苍亲吻过、微笑的光焰，
拥有美妙回声，拥有音乐咏叹；

1　这里的"你"指地球。

　　　拥有它的热吻，出自心甘情愿，

　　　由此，无须贪念大地苍天；

　　　无须垂涎雨落海面，

　　　无须留恋现世人间！

　　　　　　　　　　　　　（齐明敏　译）

冬日来临

星辰小心翼翼地行走
月光在空中战战兢兢

太阳的步态像个遭厌恶的人
被驱向不愉快的处境

河流犹如废弃的镜子
脸上满是感伤的痕印

园中的花卉惘然若失
在泥地滚动，行将咽气

一个声音在鸟群里呼唤
快啊，行期已来临

这只鸟儿在巢上盘旋
那只哀鸣着尚未飞去

为何晨光如此晦暗
仿佛黄昏在它身上漫沁

为何树梢的疾风
像奔涌的海涛鼓噪不已？

一双双眼睛皆已睡去，为它扬起的
是一片哭泣，一旦黑夜合目它就哀鸣

疾风摧毁树木赤裸的身躯

似张皇失措者的狂野蛮劲

苦啊，熬过冬夜的人

只有哽咽和不眠与他呼应

（郭黎　译）

易卜拉欣·阿卜杜勒·卡迪尔·马齐尼
（一八九〇年至一九四九年）

阿拉伯现代复兴时期的埃及文学家、评论家、新闻工作者，在小说、诗歌、散文、文学评论上均有建树。

一八九〇年生于埃及法尤姆省的一个农民之家。曾在开罗法律学院学习，因支付不起昂贵的学费转入开罗高等师范学院，一九〇九年毕业。精通英语，学养深厚，研读过不少西方名家著作，深受西方文学的影响。曾任英语教师多年，后转入新闻界与文学界，作为自由作家，为一些报刊和杂志撰稿。

马齐尼最初以写诗登上文坛，后以浪漫诗派"笛旺派"三大代表诗人之一蜚声文坛。但他后来"弃诗从文"，写下大量文章和长短篇小说。其笔调时而诙谐、幽默，时而辛辣、尖刻，笔锋流畅、自然。他主张"还原生活本来面貌，免受道德标准左右"，以至于有些文章"有违主流传统和风俗"。

笛旺诗社的三大诗人后来分道扬镳，舒克里和马齐尼先后退出，只留阿卡德成为该诗歌流派的中流砥柱。

凋谢的玫瑰

是一阵清香，像恋人的呼吸
当她挨近你，用她的唇

是一阵干渴，云彩慷慨地
款待她，让她把甘霖饱吮

她凋谢了，容颜已衰
啊，但愿我了解她的创巨痛深

我浇灌她，以我的泪
但愿能把她的生命留存

我拥抱她，用情人的方式
但愿她能重返青春

我叹息了，恐怕叹息
加快了她的凋殒

我将她撒落，虽然不承认
自己是撒落她的人

假如能够，我愿在
令她花残红褪的造物主前俯下全身

易卜拉欣·阿卜杜勒·卡迪尔·马齐尼

以我的胸膛做她的冢

以我的肺腑做她的坟

（郭黎　译）

迈哈穆德·穆罕默德·伊马德
（一八九一年至一九六五年）

　　埃及著名现代诗人。一八九一年出生于埃及尼罗河三角洲东北部代盖赫利耶省的一个村庄，一九六五年于开罗逝世，享年七十四岁。

　　伊马德年幼时期在本村私塾接受了启蒙教育，一九〇二年迁至开罗，并在开罗的一所小学学习，一九〇七年小学毕业后进入高中，三年后，家庭条件导致学习生涯中断。但是怀着对求知的热爱和对完成学业的渴望，伊马德勤勉自学，刻苦钻研，博览群书，最终靠自己的不懈努力进入了大学，成为埃及大学的一名旁听生。

　　自一九〇九年起，伊马德开始担任开罗宗教事务部的审计员，并于四十二年间稳步升职，从小职员到部长秘书，再到审计部经理，直到一九五二年退休。

　　伊马德曾是埃及近代诗歌流派阿波罗诗社的成员之一，亦是埃及艺术、文学、社会科学最高理事会诗歌委员会的成员之一。

　　伊马德感情细腻，思路严谨，倾向于画面描写，诗歌寓意深刻，带有哲理性和启发性。其赞美诗和吊唁诗充满了强烈的斗争精神。

其诗歌作品主要有《伊马德诗集》（上、下部），
一九四七年凭借该作品的上半部获得了开罗阿拉伯语
学会颁发的奖项。

岁月魔咒

一年又逝，海边回望
　　　　余生还剩几多时光？

我将再难亲见尘世上
　　　　宽广大陆、无边海洋

再不寻求作诗的灵感
　　　　再不书写华彩辞章

就像从未来过人间
　　　　哪怕一年、一月时光

这难道不是生活
　　　　强行制定的法则规章？

亚历山大港的创建者[1]
　　　　如今身在何方？

城池依旧在，

1　亚历山大城是埃及第二大城市，有全国最大的海港，西北临地中海，东南
靠迈尔尤特湖。曾为古埃及托勒密王朝都城，因亚历山大大帝时（公元前
三三二年）兴建而得名。古代世界七大奇观之一的亚历山大灯塔遗址在近
海的法罗斯岛上。

大帝[1]久已亡

传说他为自己修墓
　　如今已不知去向

完成使命的盖世英雄
　　在那里被深深埋葬

深入体内的剧毒
　　使他生命无法延长

此后，奥古斯都[2]
　　与战士、俘虏亦相继命丧

多少朝代交替，
　　江山更迭，从未收场！

人们或信仰安拉，
　　或祭拜星辰、月亮[3]

或对拉特、欧扎

1　此处"大帝"指亚历山大大帝（前三五六年七月二十日至前三二三年六月
　　十日），即亚历山大三世，马其顿王国（亚历山大帝国）国王，世界古代
　　史上著名的军事家和政治家。曾师从古希腊著名学者亚里士多德，先后统
　　一希腊全境，进而攻占中东地区，占领埃及全境，后又占领波斯帝国和印
　　度河流域。
2　即奥古斯都大帝，罗马帝国开国皇帝，统治罗马长达四十年，是世界历史
　　上最为重要的人物之一。
3　伊斯兰教兴起之前，阿拉伯半岛的居民处于多神崇拜阶段，包括对月亮和
　　各种星辰的崇拜。此时的"安拉"并非伊斯兰教的真主，穆罕默德创教后，
　　借用了"安拉"来称呼伊斯兰教的"真主"。

麦娜三神崇敬信仰[1]。

只有这片大海
　　自始至终置身现场，

见证风云变幻
　　为我辈竭力传扬

明日它会将我辈抛诸脑后，
　　前后各代亦会被它遗忘

所有生物终将离场，
　　成功逃开此归宿的只有海浪

即使我们对
　　长生不老斗胆奢望

终归难逃
　　末日审判的巨大祸殃

我们将无立足之地
　　亦无栖身住房

亦将找寻不到
　　抗冷防晒的衣裳

尸首堆成座座拱桥，

1　"拉特""欧扎""麦娜"是伊斯兰教兴起之前阿拉伯半岛居民多神崇拜中
的三位女神。

踩踏尸首才能渡过长河大江

眼下各位埋葬宫殿主人
　　以期接替入住在当日晚上

为了赢得哪怕一寸地皮
　　众生你争我抢相互推搡

为向火星和奈斯尔[1]求助
　　科学是否"飞往"天上?

科学如若听命于我们
　　定会放过金星及其姐妹群芳

坚守大地,化腐朽为神奇
　　带来永世福运绵长

精心服务地球无死角
　　哪怕那里极为荒凉

揭示大地一切秘密
　　驱散贫穷和所有恐慌

可它引爆原子弹
　　虽然"毁坏"不是它的理想

1　奈斯尔:《古兰经》中所载古阿拉伯人崇拜的五大偶像之一。据经注学家
　　称,与瓦德、素瓦尔、叶巫斯和叶欧格原系人类始祖阿丹时代五个著名人
　　物,死后被人塑成偶像奉之为神,奈斯尔被塑以雄鹰形象而为也门地区希
　　木叶尔等部族所崇拜。

世间只留下残垣断壁
　　满目疮痍的凄凉景象

圆月啊，请你小心！
　　你也可能不再成为月亮！

大海啊，请原谅！
　　原谅我没能心情欢畅

不像以往那样给你带来
　　好消息、正能量

因为我已今非昔比
　　明日更会变个模样

傍晚的你曾令我
　　眼花缭乱，更充满希望

我曾亲眼欣赏过
　　海面上的闪闪金光

如今看去，就像
　　秋日落叶片片枯黄

其实太阳还是太阳，
　　海水也未改变流向

酒神巴克斯 [1] 亦未将酒

1　酒神巴克斯：罗马神话中的酒神和植物神，对应希腊神话中的狄俄尼索斯。

　　洒在你的海滩之上

但是岁月的魔咒使然

　　谁人又能解咒除障？

　　　　　　　　　（齐明敏　译）

艾哈迈德·拉米

（一八九二年至一九八一年）

　　埃及现代著名诗人、作家，因常在《青年》杂志上发表诗作而被称为"青年杂志诗人"。一八九二年八月九日生于埃及开罗的一位切尔克斯族医生家庭。

　　拉米在开罗读了小学，之后由于特别钟情于诗歌和文学，便在高中时选择了文科专业。一九一一年就读于高等师范学院，在此期间掌握了英语，一九一四年毕业，获得教师资格。

　　一九二二年，拉米前往法国巴黎东方语言学院学习法语，并获得了索邦大学的图书馆学学位证书，这期间拉米还学会了波斯语，并将《鲁拜集》中一百七十五首四行诗译成阿文。一九二四年从巴黎回来后，他被任命为高等师范学院图书馆的管理员，这为他提供了博览群书的机会，满足了他对知识的热切渴望。

　　拉米高中阶段就迷上了写诗，一九一〇年，他的诗歌处女作发表在《新小说》杂志上。他与当时埃及的大诗人、文人接触甚广，如邵基、哈菲兹、穆特朗等人。

　　拉米写过二百五十多首诗，翻译了十五部英国戏剧，写了三十五部电影脚本，还为埃及功勋女歌手乌姆·库勒苏姆[1]贡献了一百一十首歌词。

拉米与乌姆·库勒苏姆的相识很偶然。他自巴黎回国之后，发现当时的年轻女歌手乌姆·库勒苏姆演唱了一首以他的诗谱曲的歌，从此两位艺术家之间就有了深厚友谊，以至于在他视为创作灵感之源的乌姆·库勒苏姆逝世后，拉米患上了抑郁症，而且拒绝再为任何其他歌手写词，直至一九八一年六月五日于开罗去世，享年八十九岁。

1　乌姆·库勒苏姆：埃及国宝级女歌手、音乐家和演员，阿拉伯世界最知名的歌手之一，在阿拉伯语唱片界，她的专辑销量至今仍居高不下。

我嫉妒

亲爱的，我甚至嫉妒
南风[1]吹拂你的面庞

我羡慕正午的红日
也羡慕西下的斜阳

我羡慕鸟儿
在鲜嫩的枝头吟唱

只因其美丽动人
令你双眸闪烁愉悦的光芒

我多想变成一处美妙的景致
享受你长久注视的目光

我多想变成一只可爱的小鸟
像夜莺一样动听地欢唱

用歌声送去我心灵酿成的美酒
供你久久品尝

只因我看到你
对落日余晖凝眸欣赏

1　有解释说埃及的风向均为由北向南，没有南风。所以诗人在这里夸张描述
　　自己的痴恋，甚至连不曾存在的南风都要嫉妒。

对高歌枝头的鸟儿
满怀渴望

而我已似干柴烈火
爱情令我神迷心荡

亲爱的，我嫉妒南风
吹拂你的面庞

我羡慕花儿
在活泼好动的小溪旁随风张扬

我羡慕河流
在硕果累累的旷野上自在流淌

只因其美丽动人
令你双眸闪烁愉悦的光芒

我多想变成一朵小花
将你的热吻和晨露一道品尝

我多想变成一条小溪
穿过鲜花穿过芳香蜿蜒流淌

只因我看到你
对枝头摇曳的花儿凝眸欣赏

对潺潺流动
轻声哼唱的小溪满怀热望

而我已似干柴烈火
爱情令我神迷心荡

亲爱的，我嫉妒
南风吹拂你的面庞

但愿你我变成两只小鸟
在牛羊成群的牧场上玩耍飞翔

但愿你我变成两朵小花
在活泼好动的小溪旁随风张扬

但愿日落时分薰衣草
会奔来指引我来到你身旁

只因我看到你
对天空飞翔的小鸟凝眸欣赏

亲爱的，我心已憔悴
皆因对相逢一刻的热切祈望

（齐明敏　译）

艾哈迈德·扎基·艾布·沙迪
（一八九二年至一九五五年）

埃及现代浪漫主义诗人、翻译家，埃及二十世纪前叶的主要文学代表人物，阿波罗诗社的创立者之一，堪称阿拉伯现代诗歌的先驱。

一八九二年二月九日，艾布·沙迪出生于埃及开罗，其父亲是一位著名的律师，母亲来自一个土耳其文人家庭。他富有丰富的想象力和情感，是一位浪漫主义诗人和出版家；他具有自由进步的革命思想，是一位深刻的思想家；他为思想和文化的自由而奋斗，倡导文学和诗歌的复兴，是一位出色的评论家；同时他致力于促进科学和农业的进步，是一位卓越出色的医生和科学家；而在艺术领域，他还是音乐家和画家。除此之外，他还是一位倡导妇女选举、全民教育和消除贫困的社会改革家。

一九一二年至一九二二年，艾布·沙迪在英国生活了十年，在此期间在伦敦大学学习医学，接受英式教育，于一九一七年毕业；一九一九年，他创立了 Apis 俱乐部（一个致力于研究蜂文化的国际组织），并创立了该组织的国际月刊《蜜蜂世界》。Apis 俱乐部在欧洲组织了各种国际会议，并最终转为国际蜜蜂研究协会（IBRA）。他是一个具有世俗观念和思想的穆斯林学者。

一九二〇年，艾布·沙迪与诗人、作家安娜·班福德完婚。一九二二年开始在亚历山大定居，后于当地行医，一九三五年成为亚历山大医学院院长。

艾布·沙迪在埃及最著名的贡献是创立了极具影响力的诗歌杂志《阿波罗》（一九三二年至一九三四年），这是促进埃及及其他阿拉伯国家现代诗歌创作发展的重要杂志。他还领头成立了阿波罗诗社，其成员中有许多阿拉伯世界的著名诗人。艾布·沙迪的“大胆实践和创新精神对阿拉伯现代诗坛的影响和贡献得到一致公认”[1]。

艾布·沙迪创作了大量诗歌，还写了许多关于社会改革、伊斯兰教、政治和艺术的文章。一九三九年，在亚历山大创办了《我的文学》杂志，撰写文学评论文章，并发表了许多抒情诗、故事、歌剧和戏剧。除此之外，他还将很多阿拉伯诗歌翻译成了英文，将莎士比亚的几个悲剧作品翻译成了阿拉伯语。

一九四六年一月，其妻子在久病后去世。后艾布·沙迪移居至美国，定居纽约，在纽约当地的阿拉伯社区报纸和杂志从事编辑工作，并于亚洲研究所担任阿拉伯文学教授。

一九五五年四月十二日，艾布·沙迪因患中风，于美国华盛顿的家中去世，享年六十三岁。

1　郭黎《阿拉伯现代诗选》第 150 页。

来自天上

大地说："你身上飘着什么异香

是苍天把它洒在你的掌心?

天上的什么诗现在令你心醉神迷

难道我不曾慷慨地把它交给你?

你是否知道那里的主宰者都是我的俘虏

他们所吟咏的全是我对你的怜悯?

你是否知道天空的美也就是我的美

我早已把它托付于你?"

我说："啊,母亲,我没有变心

您是我的母亲、我的爱、我的避难所

我爱天上只是为了逃避

那充斥着罪愆的生活

您,是您把恩慈赐给万物

他们,是他们挑起争斗之祸

鲜血,他们使我们鲜血淋淋

和平,他们把我的和平剥夺。"

大地说："高高在上的恒星

无力救援。如果它漫不经意

总有一天它会在深深的永恒中熄灭

与我安排好的它的归宿相遇

你啊,我的诗人,为爱情冒险

只要你依然是这一幻想的奴隶

你就不会在天上得到安谧

你遭遇的斗争远比这更为凄厉。"

我携着自己的魂在天上走完了历程

我创巨痛深，退缩不前

在那里我经历了恐怖的搏斗

牺牲者伴随着被宰割的时间

我低吟着悲歌而回

仿佛耶稣的重返啊

我吻着曾为我祝福的大地

我们相会在我受伤的心田

（郭黎　译）

贝拉姆·突尼斯
（一八九三年至一九六一年）

现代埃及方言诗第一人，被誉为"人民艺术家"。原名迈哈穆德·穆罕默德·穆斯塔法·贝拉姆，由于有着突尼斯血统，便以"贝拉姆·突尼斯"而著称。

一八九三年三月二十三日，贝拉姆出生于亚历山大市的一个普通突尼斯家庭，四岁时开始在当地私塾接受教育，十八岁时父亲去世，被迫辍学找工作。五年后，母亲去世，贝拉姆只好卖掉原住房，买了一处便宜的住所。灾难接二连三，婚后六年，结发妻子去世，留下两个孩子，贝拉姆只好迅速续弦，以抚养二子。

贝拉姆自幼喜好阅读民间故事、传说，并记背了故事里许多诗文，尤其是伊本·鲁米的讽喻诗，他的文学天赋由此开发。他的第一首方言诗《市议会》，一经发表在报纸上，便在亚历山大市引起了巨大反响，该诗的单行本屡次再版。

后来贝拉姆进军新闻界，并创立了《方尖碑》报，其后也曾在几家埃及报社任职。一九二〇年，贝拉姆因一首反英的诗歌惹恼了国王，于是在八月五日古尔邦节这天被下了驱逐令，从此开始了颠沛流离的流放生活，从埃及到突尼斯，再到巴黎，这些流亡的生活后来也都被他记录在作品当中。

一九五二年，埃及革命爆发，贝拉姆十分欣喜并全力支持，这些也统统写在了其作品当中。贝拉姆于一九五四年获得了埃及国籍，然后进入了艺术领域，为许多歌曲、歌剧等作词，同时也创立了许多广播作品。因其在文学和艺术领域的卓越贡献，一九六〇年，埃及总统纳塞尔为他颁发了国家荣誉奖，但遗憾的是，获奖不到一年，贝拉姆因哮喘病发作于一九六一年一月五日与世长辞，享年六十八岁。

贝拉姆为后人留下了大量的诗歌、戏剧等丰富的艺术遗产，此外，他坎坷的人生经历、深切的爱国情怀和激昂的社会斗争精神，也为后人留下了深刻的启示。

暮色斜阳

喂，尼罗[1]，斜阳把枣椰树染上金边
　　　　把河面绘成了一幅艺术长卷

喂，尼罗，我和亲爱的终成所愿
　　　　任凭爱情驱使，游曳我们的小船

岸边长笛悠扬，浣女花柔玉软
　　　　微风阵阵吹拂，爱意荡漾周边

黑夜漫漫，无际无边
　　　　可我俩的夜晚总嫌太短

我的爱人恰似你的河水，纯洁天然
　　　　我俩的心底如你的微风，细腻柔软

喂，尼罗，我俩已对周遭世界全然无感
　　　　月亮自升自落，竟不记得它曾悬挂天边

我俩爱情恰似你的河水，纯洁天然
　　　　哪怕你的河水也不如我俩爱情这般甘甜

万籁俱寂，只有鹄立的鹬鸟"笑声"不断
　　　　脚下水车吱吱呀呀，似在为背运者送挽联

　　　　　　　　　　　　（齐明敏　译）

1　这里指尼罗河，诗人将尼罗河拟人化，似朋友聊天般与其畅谈，增加亲切感。

易卜拉欣·纳吉

（一八九八年至一九五三年）

埃及现代著名诗人、文学家，"阿波罗派"著名诗人。一八九八年出生在开罗。父亲的书房藏有大量经典文献，小纳吉自小就喜好读书，并掌握了阿拉伯语、法语、英语和德语。

一九一七年高中毕业后，纳吉考上了开罗艾尼宫医学院[1]，一九二三年毕业后，在开罗阿塔巴广场开了一家诊所。后又迁至父亲的老家曼苏拉市，那里大自然的旖旎风光激发了他诗歌中感性的一面，促使他潜心啃读阿拉伯传统文学、文化和西方文学、文化，研习格律、韵脚。

他的文学生涯是以一九二六年翻译英国诗人托马斯·摩尔的诗歌开始的。一九三二年，他加入了阿波罗诗社，成为诗社副主席。

高中时，他恋上一位女同窗，但碰壁，情感大受其伤，悲伤之际写下一百三十行的长诗《废墟》，在他去世十年后，由埃及国宝级女歌手乌姆·库勒苏姆演唱，成为永远的经典，纳吉也在身后拥有了"废

---

1 艾尼宫医学院：以捐赠官殿作医学院院舍的艾哈迈德·艾尼先生名字命名，成立于一八二七年，后并入开罗大学。

墟诗人"的雅号。纳吉的诗大多是"抒发情场失意所受的痛苦、折磨、孤独感和失落感"[1]。

　　纳吉出版过四部诗集，翻译过法国和英国一些著名诗人的诗作，他去世后，埃及最高文化委员会编辑出版了《纳吉诗歌全集》。

1　仲跻昆《阿拉伯文学通史》下卷第 845 页。

归 来[1]

这座克尔白[2]神殿，曾经的我们绕行于外，
日夜膜拜

在那里，虔敬的我们曾多少次跪拜
如今归来，却缘何拖着陌生的形骸

我那梦与爱的故乡，像初识新人一样
冰冷地与我们碰面

它已不识故人
而过去每逢相见，光芒的微笑从老远就投来

***

在我身体的一侧，
待宰羔羊般的心难安焦躁

我大声呼喊：
心儿啊，少安毋躁！

---

1 诗人因其标新立异的创作手法而长期不为国内批评家所承认；后迁伦敦，
   遭受病痛折磨之时又遭遇车祸，可谓命运坎坷。此处指其晚年回到故乡，
   表达了复杂且深刻的多种感慨。
2 克尔白：阿拉伯语音译，原意为方形房屋或称卡巴天房、天房等；沙特阿
   拉伯麦加城禁寺中央的立方形高大石殿，为全世界穆斯林做礼拜时的正
   向，又称"天房"。这里借指阿拉伯祖国，即今日的阿拉伯世界。

于是，泪水同那满是伤痕的回忆答道：
我们为什么归来？不回不是更好

我们为什么归来
为何未把爱意深藏

为何还没摆脱痛苦与渴望？
为什么不满足于沉默与安详

好似步入虚无，
魂消魄亡？！

***

巢穴啊，
一旦鸟儿飞去

它的伴侣
便不再察觉天空的乐趣

它眼中的果实
枯黄如深秋

号丧着，
声如沙漠里的狂风

唉！命运对我们做了什么
那愁眉苦脸的废墟难道是你？

那丧气垂头的幻影莫非是我！

你我经历了多么深重的窘困和羸弱!

***

你的夜总会在何处
你那彻夜的长谈又在何处

你质朴的亲朋、
酒友更在何处?

每每我抬眼相望,
都会有泪水浸入双眸,灰蒙阴郁!

悲观在美好的国度里逗留,
空气中尽是它的气息,

黑夜也在这里俯卧,
厅堂中尽是它四窜的幻影!

***

我清晰地看到了衰颓的身影
它的双手正编织着蛛网

我大声喊道:真可怜啊!你所出现的地方
万物生灵都长生不亡!

万事万物的欢乐与悲伤
所有夜晚的愉悦与哀叹

我听到时间的脚步声，
整齐划一，拾级而上！

***

那个同情于我的角落，那个怜悯于我的驿站
还有天国的浓荫，都属于疲惫不堪的受苦人

真主知晓，漫漫长路远
为了将息，我向你而来

在你的门前我卸下箭袋
像陌生人来自苦难的谷底

在你的身边，真主使我不再寥寂
也将我的驼鞍固定在祖国的土地！

***

你是我的祖国，我却被遗忘
在苦难的世界永遭流放

即便归来，也是为了倾诉衷肠
杯中酒饮尽之时，我当再次踏上孤航！

（李世峻　译）

哈立德·杰尔努斯

（一八九八年至一九六一年）

埃及现代著名诗人。一八九八年出生于埃及东北部明亚省的一个叫杰尔努斯的村落。他在村里接受了启蒙教育，第一次世界大战期间，在爱资哈尔大学学习过，后又在开罗大学文学系学至毕业。

在教育领域短暂工作之后，转向新闻领域做全职。他曾在《埃及人》报社工作过，并在该报纸上发表多篇诗作，一九一九年革命中，他把自己的诗集《哈立德诗集》献给民族领袖萨阿德·扎格卢勒。

哈立德·杰尔努斯的家庭对其后来的诗作有很大的影响。他的父亲是一八八一年反英大起义时的一位军官，书房里堆满各种时期的传记，如萨阿德·扎格卢勒时代、文艺复兴时期、从古典主义向浪漫主义过渡等时期的传记，这导致他的早期诗歌以政治内容为主。他的诗中反映出埃及科普特人和穆斯林之间的团结一致的爱国精神。

他的作品《宝石》是其成名作，该诗集在一九五二年获得开罗语言学会奖，此后他开始名声远扬，先后出版了四部诗集。

逝世于一九六一年一月二十三日。

东方文豪

他是超群卓越的天才俊良，
紫微星一样在《日子》[1] 里熠熠生光。

若要赞美颂扬，
天下何人堪比塔哈更荣耀高尚？

他是辞巧学[2] 翘楚，铁证为他传扬，
高调推广用普通话[3] 撰写文章。

他如蒙天启，老天用灵感打磨他的思想，
以至他人无论如何难以模仿。

他是阿语大师，一旦遇到语言迷障，
人们径直发问："先生今在何方？"

他是百科全书般的文学巨匠，
力避糟粕，只将精品与人营养。

真主打造的知识宝矿，
密钥交他一手珍藏。

善为文辞者不可估量，

---

1 《日子》：塔哈·侯赛因的自传体小说。
2 辞巧学：阿拉伯修辞学的第二部分。
3 阿拉伯语普通话亦称阿拉伯标准语、经典阿拉伯语，是阿拉伯各国的官方
  语言，联合国六种工作语言之一，有别于阿拉伯各国、各地的方言。

只有麦阿里和塔哈我最为欣赏。

塔哈超逸清高，不屑粗言野腔，
唯有檄文直击愚氓胸膛。

古代经典辞章，
无一不认真鉴赏。

贾希利叶、伊斯兰时期的宝藏，
都留下他的旗帜，至今矗立高昂。

也许出于了解古希腊的过往，
他读遍雅利安文学，大加赞扬；

对其代际特点阐发见解和主张，
尤以追寻探究荷马至伊利昂[1]。

（齐明敏　译）

1　伊利昂：特洛伊城的别称。

阿卜杜勒·哈米德·迪布
（一八九八年至一九四三年）

埃及现代著名诗人，一生穷困潦倒，雅号"游吟诗人[1]传承人"。令人啼笑皆非的是，如今开罗一富人区竟以他的名字命名。

一八九八年，迪布出生在埃及米努夫省，家境贫寒。一九一四年，父亲将他送至亚历山大宗教学院学习，在那里，迪布在审美、不同文化等方面的视野得到了拓展。但是自身的贫困以及"不幸"的感觉控制着迪布，让他处于消沉低迷的状态中，一度只靠着父亲以及乡亲们的微薄救助度日。

一九二〇年，迪布从亚历山大宗教学院毕业后获得了去爱资哈尔大学深造的机会，但是他却对文学遗产和诗歌情有独钟，于是他转学去当时文学创作者一致向往的师范学院，中断了爱资哈尔的学业。一九二三年，他巧遇"人民艺术家"赛义德·达尔维什[2]，二人惺惺相惜，不离左右，于是，迪布又一次中

1　游吟诗人：又译"侠寇诗人"。阿拉伯半岛贾希利叶时期不归属任何部落，浪迹大漠、穷困潦倒、靠打家劫舍过活的诗人群体。
2　赛义德·达尔维什：埃及近代著名音乐家、歌手，号召复兴抗英。被誉为"人民艺术家""一九一九年革命之圣像"。

断学业。但达尔维什的突然离世使迪布失去生活来源，只能如"流浪者"般度日如年。

从迪布的诗作中可以看出，他具有超强的感知能力和高度的自尊心，这些特点加之生活贫困，使得他的作品大部分都有相似的消极色彩，要么是为自己的遭遇和命运而哭泣，要么就是在讽刺别人。迪布的生活状态以及性格因素导致他吸毒成瘾。

一九三九年以来，因为吸毒、精神疾病、监狱囚禁等，迪布的身体状况和精神状况都不断恶化。在生命的最后时光，他开始整理自己的诗集，追悔逝去的时光。一九四三年四月逝世，享年四十四岁。

厄运当头

厄运当头，是因我生性宽厚，

　　　　对族人满怀同情，与他们感同身受。

醉汉饮罢酒劲上头，

　　　　该怪酒杯，还是怪罪酒叟？

我将某些人捧成明星，高升牛斗，

　　　　可他们过河拆桥，令我生计难谋。

我本是神圣不可侵犯的诺亚，掌舵方舟，

　　　　可下场却是世人将我淹没在河流。

多少次我帮主人躲过了死神之手，

　　　　却战战兢兢受他胁迫永无解脱之由。

我的同胞对我无视已久，

　　　　你们明知借我之光才有月如钩。

我虽活在你们当中，但既无祖国亦无亲友，

　　　　只能依靠四处拾荒行乞，流落街头。

在你们这里，我的"爱人"只有两位：

　　　　我的纸、笔，得以书写千秋。

你们的中伤之箭已插上背叛的羽毛，

　　　　与我争名夺利，我却无人护佑。

不知餐桌上何物更令你们垂涎，

　　　新宰的牛羊，还是我的名节、血肉[1]？

他们说我无耻、可恶，我甚觉荒谬，

　　　只因我刚被一伙荒淫放荡之徒群殴。

我可以微笑面对灾难，不知烦忧，

　　　但倾慕者的陷害令我格外难受。

厮守一处，我是他们的开心缘由，

　　　一旦远离，只有我自己受尽相思之愁。

他们为何要散布我的所有不堪之事，

　　　大肆传播我的困苦凄惨，令我蒙羞？

就像主人永远不放鸟儿飞走，

　　　鸟笼，项圈，双重拘囚。

我的运气就似艾克残林[2]一言难尽，

　　　就似闷热的空气，丝风不透。

就似浮云无雨，露水腐臭，

　　　就似炽热的火焰，燎我皮肉。

就似残疾的小臂，瘫痪的手，

　　　就似没有瞳孔的眼球。

1　根据《古兰经》经文，诗中"餐桌""血肉"意象指代背后诋毁。
2　艾克树的特点是盘根错节。诗人在此用来形容自己命运多舛。

不要问我到底多惨，是何缘由，

　　　去问已死的命运吧，它已被人扛上肩头[1]！

（齐明敏　译）

1　这里指过世的人被送殡的人扛在肩上。

穆罕默德·艾斯迈尔
（一九〇〇年至一九五六年）

埃及现代著名诗人，有"爱资哈尔诗人"的头衔。一九〇〇年十一月六日出生在埃及的杜姆亚特省，艾斯迈尔家族的先人法塔赫·本·奥斯曼·艾斯迈尔是一位苏菲派信徒，因乐善好施在杜姆亚特和邻近的城镇十分出名。

艾斯迈尔在杜姆亚特接受了中小学教育，一九二〇年入开罗的司法学校就读，三年后学校因故关门，他就转入爱资哈尔大学，于一九三〇年毕业。在校期间做过教员、报纸校对等工作，毕业后，在爱资哈尔大学图书馆从助理做到秘书。

艾斯迈尔出版过三部诗集，在报纸杂志上发表过单篇诗歌。他的诗中有明显的反英倾向，同时，大力赞颂祖国伟大的文明和历史。他也就英国在埃政策写过政治讽喻诗。

艾斯迈尔诗歌语言铿锵有力，想象力丰富，同时他严守格律和韵脚。他的诗歌是当时埃及政治和社会的真实写照，反映了时代呼吁改革的宏图远志，反映了当时知识分子渴望复兴的雄心抱负，充满了爱国主义和民族主义的进步思想和人文精神。

我的诗文

灾难来临，我的诗文到底有何用？
浩劫面前，我的辞章是否灵通？

祖国啊，您是否有耳可以聆听？
把我吟咏的诗歌对它传诵？

您是否拥有公正现成的天平？
我的文辞、寓意可以占据上风？

您是否允许言论自由、公开置评？
以便分清何为诗歌，何为荒诞不经。

山寨作品流行令我惊讶无语，
与名诗佳作同登诗坛，坦然流行。

多少化名粉墨登场江湖之中，
从不显露真身，纯属乌合之众。

他们将豺狼错当伟岸的雄狮，
误将横行的螃蟹认作庞然巨鲸。

借用各式笔名、代号营造蜃景，
实则滥竽充数，伪造虚假繁荣。

（齐明敏　译）

迈哈穆德·艾布·沃法
（一九○○年至一九七九年）

　　埃及现代诗人，生于代盖赫利耶省，并在埃及和法国生活，于开罗去世。

　　幼时父亲离世，沃法十岁时踢球不幸摔断了腿，由于家人的无知和大意，未能及时就医，导致他腿部截肢，不能与同龄人同行。自尊心使然，十一二岁时独自一人离开村庄去了杜姆亚特，在一家咖啡馆打工，周围人同情他的处境，让他坐在收银台结账。

　　沃法幼时在村中接受过早期教育，在杜姆亚特打工时在当地宗教学院就读三年，后因他的诗歌中有自己的哲学理念，竟被学校开除。

　　不到二十岁，他离开杜姆亚特去开罗，想在爱资哈尔大学完成学业，但碍于经济条件不佳，未能实现。为生计，他做过多份工作，直到一九三○年某家杂志出版了他的诗歌《信仰》，他的经济状况才有所好转。随后五本著名刊物刊登了他的这篇诗歌，他名声大噪，连诗王艾哈迈德·邵基也向《金字塔报》写信，称赞他文采斐然。

　　一九三二年六月，他前往法国，同年归国，出版了诗歌集《燃烧的气息》。当时他还积极参与政治活动，以诗人和知识分子的身份参加了一九一九年起义，被誉为当地最有影响力的诗人。

一九六七年，纳赛尔总统授予他一等艺术科学奖章，一九七七年，时任埃及总统萨达特授予其艺术功勋奖。

沃法出版的作品包括诗集《自由》《燃烧的气息》《草》《思念》《我的诗文》《爱之诗》等。

当夜幕降临

当夜晚来临
夜空中繁星遍布

替我问那夜晚:
我的星宿何时显露?

当夜空中的繁星
闪闪宛如珍珠

去问吧:那里的心上人
是否知晓我的苦楚?

夜幕中,每落下一颗星
都会有另一颗星相继闪烁

只有我的心除外——
它始终高悬天边,彷徨失落

心上人啊,我的生命属于你
只要你想,一切都属于你

我生命中最美的天际
是你的光芒所照耀的那里

每每我将目光投向你闪耀的脸庞
都不曾找到一颗星向我凝望

夜啊，究竟我能否得到你的同情与怜爱

心上人啊，我唯有放声歌唱，手捧遐想！

（李世峻　译）

阿里·迈哈穆德·塔哈

（一九〇一年[1]至一九四九年）

　　埃及现代著名诗人，浪漫主义诗歌流派阿波罗诗社的重要诗人。

　　于一九〇一年八月三日出生在代盖赫利耶省曼苏拉市的一个中产阶级家庭。一九二四年，毕业于工艺美术专科学院，获得助理建筑工程师证书。

　　塔哈毕业后从事过建筑工程，做过秘书，当过国家图书馆副馆长，但是他都不感兴趣，选择专心于文学和诗歌创作。

　　塔哈尝试过所有诗歌题材的创作，例如情诗、悼亡诗、赞颂诗、哲理诗、描写诗等等，格律韵脚也不断变化。塔哈的诗歌画面感很强，展现了阿拉伯式浪漫。同时，他的诗歌音乐性很强，其音乐之美比情感之真更令人印象深刻。

　　一九三八年，塔哈在威尼斯参加某个周年庆，发表了以《游艇》为题的一首诗歌，后来埃及著名的"世代音乐家"穆罕默德·阿卜杜勒·沃哈布将这首歌唱红，塔哈随之声名鹊起，享有"游艇诗人"的雅号。

　　塔哈留下了以《迷失的水手》为代表的几部诗集，也有一些歌剧剧本和散文作品。

1　也有资料说塔哈生于一九〇二年。

热恋中的月亮

当憔悴的月亮萦绕凉台
如梦、如灵感，颤动着向你袭来
你，在纯洁的卧榻上，犹如微寐的晚香玉
快抱紧你赤裸的身体，护卫这美好的风采

我嫉妒你的捕获者，仿佛它的清光有旋律
当它欣然歌唱，仙女的心也因相思而跳动
它纤细，却倔强，对每个美人儿都钟情
它胆大，一旦思恋召唤，立即向城堡猛冲

它一瞥见你，就从云中滑下，久久恭候
温柔地抚摸大地，穿过美丽富饶的园林
我对它深感诧异，它怎样使角落宁静？
它怎样攀上荆棘？它怎样向树枝登临？

在你的两腮上有它从瓮中倒出的钟情酒
琼浆酿自诱人的鲜果，永不枯竭干涸
在你的双乳有两个密码，破译它俩需巧夺天工
月光向它俩崇拜的宝藏移去，穿透了你的衣服

我嫉妒，我嫉妒它的嘴唇亲吻复亲吻
优雅地遮住乳峰，拥抱柔软的身体
它的清光也有心，它的魅力也有眼睛
乘虚而入把豆蔻年华的少女猎取！

多少个夜晚，当恋情召唤它临近

巨人般的它跪在你双手间，孩子一样地哭诉

它跃跃欲试，未虏获丹唇；它心向神往，未打中胸怀

它的双臂用画图拥抱你，你用以拥抱它的是艺术！

你背叛了它的爱慕，它暴躁，仿佛怀揣精灵

目光懵懂地走过平原，掠过丘陵

挑起黑夜的仇恨，和夜云胸中的愤怒

这时孩子又成了巨人，它的骚动令地破天惊

快关紧精巧的闺房前绛红的凉台

快护卫你的娇妍免遭那个憔悴的热恋者的暴乱

提防人们对你的闺房飞短流长

你多么担忧夜晚啊，有多少月亮痴癫

（郭黎　译）

哈桑·卡米勒·赛莱菲
（一九〇八年至一九八四年）

埃及现代著名诗人、记者，阿波罗诗社创始成员之一。一九〇八年出生在埃及杜姆亚特省，在省内接受了初级教育。

从工艺美术中学毕业后，因生活所迫，他中断学业，入行报业。他在报纸上发表自己写的诗，认识了阿波罗诗社的创始人艾布·沙迪，于是协助其创办阿波罗诗社，并为《阿波罗》杂志的创办做出了实际的贡献。

赛莱菲在国民议会工作期间，授权创办了《杂志》杂志、《阿拉伯作家》杂志，之后潜心投入拯救文化遗产的工作。

赛莱菲一九三四年出版了个人第一部诗集《遗失的乐曲》，表现出忧郁愁思的特质。（事实上，这位诗人终其一生都远离光明，直到他离开人世。）随后他陆续出版了多部诗集，如《日出》《灵感归来》《山鲁佐德》《晨露滴滴》《永不凋谢的鲜花》。

在古籍校注事业上，赛莱菲也功不可没，经他手校注的典籍很多，如五卷本《布赫图里诗集》等。

小溪的暴怒

她流淌着，两岸尽是瑰丽，宛如美人唇间的小曲
源自生命的温存，在爱恋的丘陵之上，她高贵无比

***

在她圣坛般的宏伟前，我如一位祝祷者将身心皈依
她拥抱着远方荣耀的光芒，在真主脚下忘却了所盼所期

***

我如歌谣般忘情，在以太中漂过，余音绚丽
我融化于她的两岸，奢望随之销声匿迹

***

我像朵波浪与她合二为一，舒缓的微风在与我嬉戏
我唱和着她永恒的赞歌，让她听到磐石的隆起

***

在宛若悲秋之夜，我的小溪如溢出的鲜血般流淌
在她悸动且颤抖的胸腔中，旋风阵阵，如野似狂

***

鸟儿一如既往地飞临，在她的上方鼓翼振翅，闲适舒心

静谧的死亡使它们悲伤不已，小溪的蔷薇让它们凝神笃信

＊＊＊

条条小溪会像大海一样咆哮，在她宽厚的溪岸激愤盛怒！
那么，宽仁者的从容去了哪里，或如希望破灭于悲伤痛楚？！

＊＊＊

我的小溪啊，你的静谧去了何处？你的细语逃向了何方？
为了溪岸，请把赞美之歌再度哼起，再将归宿之谣吟唱

＊＊＊

你的岸头不是飓风狂飙的栖息港，更非狂怒天象的庇护湾
所以，快把怒吼变为美妙的歌谣，再让生命化作温情的溪岸！

（李世峻　译）

迈哈穆德·哈桑·伊斯梅尔
（一九一〇年至一九七七年）

埃及现代浪漫主义诗人、文学家，因其《万世江河》诗作被"世代音乐家"阿卜杜勒·沃哈布演唱而流行，故被称为"万世江河诗人"。

一九一〇年出生于艾斯尤特省的纳赫拉镇，毕业于开罗师范学院。他在诗歌方面的禀赋很早就显露出来。一九三五年，还在读大学的他就发行了第一部诗集《茅舍之歌》。一些评论家曾因这部杰出的诗集而称他为"茅舍诗人"。一九六五年，终获国家诗歌奖。

迈哈穆德·哈桑·伊斯梅尔出版发行的诗集达十四部之多，许多埃及著名歌手都演唱过他的诗，阿卜杜勒·沃哈布除了演唱过《万世江河》外，还演唱过他的《东方祷词》；乌姆·库勒苏姆演唱过《巴格达——黑色的城堡》；阿卜杜勒·哈利姆·哈菲兹演唱过《往日呼唤》；费鲁兹演唱过《新清晨》等。

诗人于一九七七年在科威特去世，遗体被送回埃及安葬。

感伤的吉他[1]

吉他呜咽，鲜花随即卸妆，
美颈上串串露珠散落地上。

鸟儿噤声窝中，不再鸣唱，
不禁蜷缩身子，犹感悲伤。

林中白鸽，一时中断挽歌，
暂停啁啾，又将啼啭隐藏。

唯有情种夜莺[2]，独守老巢，
将苦苦思念的歌反复唱响；

或立枝头，任性祈求上苍：
请将爱的灵感，从天而降！

老天打造了这情人节盛况，
花园欢喜雀跃，心花怒放；

只因未闻吉他的抽噎啼哭，
向命运控诉被束缚的悲伤。

---

1 这首诗创作于上世纪四十年代，批评埃及社会抱残守缺、不思进取，对外
来文化一概拒绝排斥的潮流。吉他是舶来品，而欧德琴是传统乐器，两者
分别代表外来文化和传统文化。
2 夜莺：此处似指代传统艺人。

吉他不通言语却声震四方，
她的悲情可融化铁石心肠。

时而声如蜂鸣，空谷回响，
嗔怪此地无处将蜂蜜保藏；

时而像恋人哭诉，愁断肠，
相思病发身消瘦，徒远望；

时而似天涯之人病入膏肓，
爱已无能，皆因岁月无常。

她常泪眼婆娑，一如既往，
热泪汇成洪流，不住奔淌。

人们的泪水早已流干流尽，
而她眼泪长流至地老天荒；

滋养田间的花儿竞相生长，
看百合娇媚，伴着龙涎香；

流经花园[1]，令它得意洋洋，
泪水清澈，轻撩它的脸庞；
吉他洒泪，它便繁盛兴旺，
无泪河滋养，会花谢草荒；

靠泪河存活，又义断情殇，

---

1 花园：也许暗喻埃及，诗人的家乡。

独爱欧德琴，吉他空感伤。

***

吉他本为桎梏中人[1]喊冤枉，
他本受尽屈辱为厄运哀伤；

面对祸患不断，雪上加霜，
他担心自己突然失智发狂；

走投无路，无人指引方向，
一筹莫展，失落挫其锋芒；

仿佛眼盲，误入危险迷障，
进退维谷，不知去往何方；

屈辱的绳栓，紧箍在头上，
变作奴隶，使他痛断肝肠；

主人呵斥，骂声锐不可当，
受尽鞭笞，落得浑身是伤；

主人愚蠢，又把祸心隐藏，
一刻不停挥鞭，无比疯狂；

边打边骂不停吼在他耳旁，
就像如此残暴还有理一样。

---

1 桎梏中人：也许暗指当时受传统束缚的那些埃及国民。

如同岁月强驱那森罗万象，

统统赶进无情无义的蛮荒。

（齐明敏　译）

穆赫塔尔·沃基勒

（一九一一年至一九八八年）

埃及现代著名诗人，阿波罗诗社创始成员之一。

一九一一年出生于埃及代盖赫利耶省，曾旅居英、法、瑞士等国，亦游历过许多阿拉伯国家。

沃基勒接受了非常系统的教育，从私塾、小学、中学、高中、大学直至博士。一九三六年，沃基勒曾赴英国曼彻斯特大学学习，在艺术学院获得本科学位。二次大战爆发，他没能继续学业并返回埃及。一九五〇年在法国大学获得新闻学博士学位。

一九四五年，阿拉伯国家联盟成立，他担任由塔哈·侯赛因领导的文化委员会的副主任，一九五六年任阿盟常驻日内瓦的欧盟总部代表团副团长，一九六二年，他建设并领导当地的阿拉伯文化中心。

沃基勒留有四部诗集和一些诗歌翻译及研究论文。他是个爱国诗人，用象征和隐喻的手法表达自己的政治观点。同时，他看重诗人的主观感受，强于审视，揭示哲理，语句似信手拈来，想象如探囊取物，虽然写的都是格律诗，但他的诗歌一直散发着浪漫主义的气息，吻合阿波罗诗歌派别的气息。

绿野斑鸠

万籁俱寂，不闻喧闹，亦无吼声，
月明星稀，微风徐徐，流水淙淙，
水声美妙，鸟鸣清亮，划破夜空。

一只斑鸠，树顶嘤鸣，自由诉说思念之情，
一只画眉，屡受情困，蜷缩身体抵御悲痛，
它的啜泣似悲情乐曲，伤感之情搅乱寂静。

小溪歌唱，像东方吹来那愉快的风，
欢蹦乱跳，无山岩或碎石挡在路中。

更深夜浓，深埋的烦忧被悄然唤醒，
触碰旧伤，疗伤之药本身就会致病。

你悲歌不断，换我泪如雨下，恸哭不停，
你曲目多元，究竟是鸣鸟还是何方神圣？
你一唱起大卫诗篇，我就秒变尘埃、低能。

宛如明媚笼罩鲜花，你的歌声拥有灵魂，
而唱机播放的歌曲，就像废话句赘词冗。

你的歌奇妙地自由流淌，有的欢快，有的悲伤，
歌中的呻吟让灵魂颤抖，似末日审判令人恐慌，
热烈的情歌让人心悸动，就像老天赐花儿新生。

***

亲爱的斑鸠，唱吧，别停，只因妙曲安抚心灵，
请在天空自在飞吧，趁着今夜的月亮皎洁澄明。

如钩晓月今已圆满，洁白玉盘高挂中天色溶溶，
月帝登基，请放声高歌，伴它飞翔，共享纯净，
谱写真诚美妙的旋律，让天空回荡起悠扬歌声。

我既非仇恨蒙心善嫉妒，也非口蜜腹剑爱冒充，
我本诗人一个满怀赤诚，满目美色引来诗精灵，
我是潜藏之美揭示模范，同辈诗人都竞相推崇。

若我今天不以传布，你的美好如何扬名？
若我不曾据理阐明，你的艺术如何流行？

我要歌颂典雅娇媚，你是美女倾国倾城，
我的艺术你来补充，尽情唱吧，天籁之声。

（齐明敏　译）

阿米尔·穆罕默德·布海里
（一九一二年至一九八八年）

一九一二年九月三日出生于苏丹喀土穆，双亲都是埃及人。童年在苏丹度过，一九二四年随父母回国。一九三五年进入埃及大学文学系，主修阿拉伯文学；一九三九年从文学系阿拉伯语专业顺利毕业；两年后又获得该校编辑、翻译和新闻系研究生毕业证书。

一九四七年，在教育部工作的布海里被派选至沙特任教三年，回国后做过老师，一九五二年进入开罗文化部工作，在振兴遗产司工作三年，一九六三年被委任为《文化》《使命》两份杂志的编辑部主任，停刊后成为群众文化管理总局顾问，直到一九七二年九月三日退休。

布海里十二岁时便开始创作诗歌，曾在当时由哈菲兹·易卜拉欣主编的《阿波罗》杂志发表过诗歌。除了抒情诗，他还写过史诗，写过诗剧，翻译过莎士比亚的诗剧和奥玛·海亚姆的《鲁拜集》。一九五七年因其诗剧获得了戏剧创作奖；一九六〇年十二月十五日获得国家诗歌奖，由总统亲自颁奖；一九六八年获得菲律宾世界学术思想领袖的荣誉博士学位；一九七四年，阿米尔·穆罕默德·布海里的名字被列入剑桥大学出版的《世界重要文学人物》中。

布海里共出版了十五本诗集、三部诗剧、三部文学研究著作，还有一些史诗。

布海里的诗歌集三种流派的特点于一身，既具有传统阿拉伯诗歌的韵律和韵脚，又富有像"笛旺派"和"阿波罗派"等流派所倡导的时代感，并善于通过画面描写来传达主观情感，而这些诗歌也反映了那些时期社会政治的现实。一九八八年五月二十日于开罗逝世，享年七十六岁。

我们就像植物

我们就像植物，播种在大地上
浇灌以生命之水，然后生长

看到了吗，耕地犁土的农人早胸有成竹
他撒下种子，带着满足和微笑，走开了

水来了，把大地岩层浸润
地心的暗黑是他们的城池

皲裂的土地大口汲水，它怜悯作物
于是合拢、抱拥

之后，植物开始变绿
它破土而出，头向天空，越长越高

属于植物的每个清晨，大自然都是一支画笔：
在万物的画卷之中临摹它的华美

***

此时，大地上的植物光鲜亮丽
它有喜悦，有颜色，也有气味

田野将它分散开来，分门别类
各自生长在自己的部位

小小的苗芽布满大地
好像天空布满繁星

它的枝条高耸入云
盈月在它的顶端也无处可觅

麦穗葱绿，一望无际
兴许只有大海能与它匹敌

突起的大风让它吃了一惊
于是它弯腰入水，三沐三熏

风愈发猛烈，震耳欲聋
它却在坚毅中忘我，让人惊异

种子每天都在生长，再散去
之后繁花充盈，种子也再次汇集

然而，丛林却是亘古难移
它英勇高立，豪迈无比！

***

一日，一位干活的人路遇一棵老树，便稍作小憩
他手持利锯，锯的双刃上，正有死亡和清算来临

当老树从上到下都在颤抖摇晃
我说：命运的审判终要执行

***

植物的出生像我们一样，一个孩子
在大地之上有他的母亲！

之后，他会迅速成长
灵魂日益充盈，身体日益强壮

在生命的尽头他也现了老态
然而白发是印烙在青春上的痕迹

最终，他回归土壤，失去了生命
在土地里的躯体也化作焦炭

***

像这样，我们自古就像植物
存活纯属侥幸，生命不过一日！

所以，善用生命中的幸福和爱吧
它们都是稀世珍物！

出生，成长，然后死亡
我们非生即死，究竟该在意些什么？

（李世峻　译）

艾哈迈德·穆海迈尔
（一九一四年至一九七八年）

　　埃及现当代诗人，词作者，阿波罗诗社成员之一。

　　一九一四年出生在东部省，毕业于师范学院，担任过各种职务，最终稳定在埃及图书总局工作。

　　穆海迈尔在二十世纪三十年代璀璨的诗人名录中是一个别具一格的存在。他的诗歌突出的特点是偏好哲理、缜密深思，乃至模仿中世纪大诗人麦阿里创作了诗集《穆海迈尔鲁祖米亚特》[1]。

　　穆海迈尔最高水准的诗歌创作是题为《圣灵》的史诗，五千多行，爱国情、民族情和人文精神交织在一起，结构严谨，感情真挚，描写优美，体现了他高超的艺术天分。

　　穆海迈尔极具创作天赋，不仅留下了一部史诗和诸多戏剧，还写有十余本诗集。他的一生收获诸多荣誉，只是其风格并没有被后世弟子传承下来。一九七八年因病去世。

---

1 《鲁祖米亚特》是十世纪著名哲理诗人艾布·阿拉·麦阿里创作的一部哲理诗集，内容皆为理性思考、怀疑和批判。这部诗集用韵严苛，故称为"遵守不必要遵守的规则"。

彻悟寂静的大师

因何而泣啊，晚风？竟自引人无端心痛，
声似芦笛哀怨宿命，我自久久侧耳倾听；

托腮沉思昏暗之中，发呆出神两眼放空；
黑夜就像无底之洞，藏匿秘密古怪嗡鸣。

***

因何而泣啊，晚风？一味惹人泪眼盈盈，
灰烬难掩旧怨之火，新愁再燃烈焰腾升；

无言悲伤深埋心底，重似铁锤敲击不停；
日落黄昏忧伤弥漫，头晕目眩痛不欲生。

***

晚风啊，深夜的寂静，好比缩成一团的暗影，
你一旦光临，它就躲进黑暗深处，无影无踪；

逃至我处避难，将我认作寂静狂人的大本营；
即便我不是，那也应算业余大师，对此精通。

***

晚风啊，深夜的寂静，总是躲开你的行踪，
一些逃来我处，另一些见你将它推入岩洞；

就像横扫枯枝一般，你总是快步赶它疾行；
幽暗怀中它绝望大哭，生怕被淹生死不明。

***

此番寂静，只是天外辽远幽静的投影，
那里充满爱与和平，还有温柔和纯净；

苍穹无限，玉宇蔚蓝，柔和的星光闪烁晶莹；
如同依栏远眺、凝思遐想的处女之美妙梦境。

***

那里山峦秀美，像上天借月光塑造而成，
清泉奔涌，自由、欢快倘徉在浩瀚太空；

似梦境幻化成水，在绿色海滩款款流动；
灵魂得饮此水便知，何人可以得到永生。

***

耳边回荡动人乐曲，含宫咀徵，
善心天使清晨放歌，傍晚吟咏；

每段旋律必入天堂，成为永恒；
即便沉寂片刻，诗人使它永生。

***

一旦有人倾心静听，应会厌烦地上活命，

应会力做时代先锋，追求完美建立奇功；

天使带他探寻尘世，看穿这里怪诞不经；
层层屏障遮人眼目，背后隐秘早晚澄清。

***

哭喊的晚风，请你继续，哪怕你引发本人悲痛，
那是我遥远的归宿，令我思念，勾起满腹深情；

离乡之日山哭地恸，惜别之情令人动容；
欢欣雀跃离乡之路，黯然神伤回归途中！

（齐明敏　译）

阿卜杜·拉赫曼·阿卜杜勒·马里克·哈密希·穆拉德

（一九二〇年至一九八七年）

　　埃及现代浪漫主义诗人，是一位全能艺术家，亦是一位悲情艺术家。他曾活跃在各种不同的创作之中——诗歌、小说、戏剧、表演、新闻、歌剧、广播、电影导演以及谱曲，还被誉为"金嗓子"。

　　一九二〇年，哈密希出生于埃及塞得港，就读于曼苏拉的一所高中，但是并没有完成学业。因他很小就开始写诗，并把他的诗歌邮寄到一些知名的文学刊物，例如艾哈迈德·哈桑·扎亚特教授的《使命》杂志、艾哈迈德·艾敏教授的《文化》杂志。一九三六年，他决定搬到开罗，历尽艰辛后在一九五二年加入了革命前作为喉舌的《埃及人》报。

　　哈密希作为"阿波罗派"的一位浪漫主义诗人，在一九五二年革命前的几年，写下了一首首描绘埃及社会，尤其是贫民阶层对未来新世界的理想的诗作。七月革命之后，《埃及人》报被封，哈密希入狱。一九五六年出狱后，未被合理安置，于是他以自己的名义组建了一个剧团，演出了一系列自创的剧本，还为广播电台写了许多连播故事，其中最著名的就是

149

《哈桑和娜依玛》，后来被拍成电影，并被评论家认为是埃及版的《罗密欧与朱丽叶》。

此后，哈密希辗转在各行各业，官方曾希望他加入某官方组织，被他笑拒。《戴维营协议》签署后，哈密希随一批埃及知识分子加入移民潮，就像一只不飞就会死的鸟儿，从开罗到贝鲁特、巴格达、的黎波里（利比亚）、罗马、巴黎，最后到达莫斯科，在远离故乡之地度过了他的余生直至去世。

一九八七年四月，根据他的遗愿，他的遗体被送回故乡，埋葬在曼苏拉。

永别了，艾丝玛罕

不要急着送她去墓地，低头垂泪之人步履艰难。

每走近陵寝一步，我皆五脏俱焚，或彻骨心寒。

天才用生命歌唱，直到被掩埋，从此消失人间。

她在人世间短暂的一生曾光耀大地、辉映苍天，

生命不以长短衡量，而应用感情的饱满来计算。

她生命的每一刻都销魂夺魄，内心却喜忧参半。

她宽容对待粉丝的不同臆想，或温柔，或冷淡。

明明自己很饥渴，但还是用歌声滋润他的心田。

她使时间停滞，把每一时每一刻活成岁月经年。

她经历了黑暗与光明，灵魂曾饱尝昏黑与光艳。

她的歌与大自然和谐，能治愈病痛，驱散伤感，

百转千回，动人心弦，似流星划过，直击心田。

妙曲会传达炽热的思念，亦会播发无言的伤感，

向未知的命运吐露心声，冥冥中闪现在她眼前。
天才的担忧使她心不安，使她爱更切、情更暖，

悲伤情愫在她内心充满，融化为歌，终归坦然。

艾丝玛罕啊，有你在的美妙夜晚如今永不复返，

凡属永恒都化作纪念，对你的纪念将存续永远。

（齐明敏　译）

阿卜杜·拉赫曼·舍尔卡维
（一九二〇年至一九八七年）

埃及现代著名诗人，新诗运动的先驱之一，也是小说家、记者、编剧、文学评论家，更是自成一体的伊斯兰思想家。

舍尔卡维于一九二〇年十一月十日出生于米努夫省的一个村庄，先在村里私塾接受早期教育，后转到公立学校学习直至一九四三年从法律学院毕业。

舍尔卡维是埃及用新体诗写作诗剧的第一人，也是现实主义文学评论的领头人，并成为艺术和思想的先行者。一九五一年，他创作的长诗《一位埃及父亲写给杜鲁门总统的信》引发读者广泛关注，这也是他诗歌转型的标志。一九五四年发表的小说《土地》，是阿拉伯新型艺术创作的具体体现。而一九六二年创作的诗剧《嘉米拉的悲剧》，不仅用新体诗写就，而且还有浓厚的史诗色彩。

一九七四年，萨达特总统授予舍尔卡维国家文学奖及文学艺术一级勋章。

舍尔卡维于一九八七年十一月二十四日逝世。

未来之歌

我在这人间大地上的存在自有意义，我也了然于胸
然而，如今我却受困于所依附的这黑暗的牢笼
我在此自由世间的模样竟是用自己的泪水塑成

***

这里，一桩桩事件在一个狭小的空间里骤起
这里，一个个梦想在坟墓的死寂中战栗
这里，一队队自由的斗士踩着荆棘向前走去

***

他们将自由的斗士们关进牢笼，极尽折磨
今日的你们大可尽情诓骗，然而末日清算定难逃脱
在满是绝望的苦痛中，你们会激起一轮又一轮起义和暴动
如今的你们除了编造几篇黑文，已一无所成

***

我们的一切都是为了人民
背靠人民我们才能勇敢前进！
如幻境多姿绚丽一般，我们打造着自己的人间
布香气于四方，像往昔的通达岁月般光彩绚烂

***

那满心思念、受爱慕煎熬的人何时才得平静？

这牢笼之中的生命之歌也让爱人魂牵梦萦

于是，牢笼之中的他又开始做梦，梦境里尽是岁月青葱

***

每逢夜晚逝去，都有歌声唱响他的回忆

他多么希望能依偎在心上人的胸前，度过一夜

每当这羁绊使他魂不守舍

进行中的祝祷也得暂且停止

祝祷是为了你，为了爱，为了命中的梦境！

***

那样的时代只剩下希冀和想象

回忆的残渣在我的牢笼中悄然摸索

我即来自这些回忆！来自它的恩赏

而它也来自于我！

***

但是，终有一天我将扔掉一切禁忌

让我的梦想重生，让一切我曾渴望的东西再获生命！

我将再次体验昨日曾品尝过的爱情的甜蜜

再次向曾经挑战的顽石发起攻击

再次打响那场由我发起的血腥、无情的战役！

（李世峻　译）

穆罕默德·马赫兰·赛义德
（一九二七年至二〇〇〇年）

　　埃及现代诗人。一九二七年生于埃及索哈杰省，一九四七年师范学院毕业。毕业后先后在《文化》等不同的杂志社工作过，直到一九八七年退休。

　　马赫兰·赛义德一九六七年出版第一部诗集，随后又出版三部诗集、两部诗剧。一九九三年获得国家诗歌奖鼓励奖。

　　他的第一部诗集《而非撒谎》中，有大量描写情感经历的诗歌，其中大部分的诗都属于自由诗。读者通过阅读可以感受到他在描写爱情、痛苦时手法细腻，真实可信，同时具有深度，而非简单的词语堆砌。他希望通过他的诗为人们减轻痛感。

蓄意周遮（节选）[1]

在被孤独罩笼，
头顶钢铁天空。

飘向残破远方的咖啡厅，
⋯⋯曾有我们每晚的呆坐放空⋯⋯

我们被疲惫撕碎，在这里扎堆相互抚慰。
一起抱怨不知名的病情。

这些病，
显微镜发现不了病原体、寄生虫，

却揭露了医生的无能，
他们居然给这些病起了数十种名称！

⋯⋯"这个地方"要微凸双唇才能说清[2]，
——我是说咖啡厅——

每个晚上，每个清晨，
我们对它就像对鸦片一样上瘾

---

1 这首诗一共一百三十八行，这里只选取了第一至第四十二行。诗人选取埃及以及大多数阿拉伯男性下班后习惯去的地方——咖啡厅里的生活碎片，来揭示社会现象。原诗断句根据韵脚，而非依据内容，所以有可能半句在上一行，半句在下一行。读来觉得细碎，像聊家常，所以诗人把这首诗命名为"我不会为之抱歉的絮叨"，为了简洁，译作"蓄意周遮"。

2 "这个地方"：指咖啡厅，诗人说，在阿语中说到这个词时要微凸双唇。

把"药片"溶化……在茶杯之中，

——"药片"是指"静默无声"——

我们之所以在各种经历之后，
选择静默无声，

因为"世界工厂"[1]
精于神奇装潢的运用，

而且……
"静默"天下传美名。

你们没人挑眉表示意见不同，
或捂嘴暗笑、嘲讽，

……这是个科技无比慷慨的时代，
带给我们卫星——以便我们窃听，

带给我们原子、激光和毒气弹种种，
给"精英"下发敕令：可以欺压百姓，

那么这些"药片"的好处
为何我们不能享用？

我已被钉在绝望墙中，
非属虔信一族，亦非叛教之众，

---

1 "世界工厂"：指埃及。

在这死一般寂静的咖啡厅，

只能听见掰手指关节的嘎嘎声，

普天之下没有何处比这里还静，

或许我是个另类，与众不同，

请你莫要误看误听，

以免我的言行使你恶心，

或者以为我们人品不行。

不，没有……

真的吗？谁信？！

若你摘掉有色眼镜，

放眼看看周遭，

　　　　　　　——或者愿意客观公平，

你会看到这被遗弃的土地上所有咖啡厅，

"鲁卜哈利沙漠[1]"上所有的咖啡厅没有什么不同，

在每一个凳子上……

每一面镜子中，

1　"鲁卜哈利沙漠"：世界上最大的沙漠，阿拉伯语直译为"空空如也的四分之一"，因其面积占据阿拉伯半岛约四分之一而得名，诗人暗指"空无希望的四分之一"。

人如泥塑，似制陶师傅用模具塑造而成，

都是统一版本，绝对雷同。

……

（齐明敏　译）

福阿德·赛里木·哈达德
（一九二八年至一九八五年）

　　埃及现代诗人。一九二八年出生于开罗，家境优渥。父亲是黎巴嫩籍的一位教员，曾在福阿德第一大学商学院任教。

　　哈达德自幼求知欲强烈，喜爱古典诗歌，习得法语，也爱法国文学。一九四四年开始创作诗歌，同时，他投身政治运动，以"请释放政治犯"命名了第一部诗集，而这本诗集到一九五二年更名为《铁窗后的自由人》才得以出版。诗人的多数作品在创作后多年才公之于众。其六十年代在狱中的作品《聪明人哈桑》一九八四年才得以出版。诗人的作品多夹带政治观点，同情农民、工人等社会下层人民，革命的立场令他两度身陷囹圄。

　　一九六四年出狱后，他开创了以方言写作诗歌的先河。同年创作《穆塞赫拉提》（斋月里呼喊人们吃封斋饭的人）。他是名副其实的方言史诗的缔造者，并享有"人民艺术家"的称号。哈达德一生饱尝了牢房、革命和抗争的磨难，对贫苦人民的日常感同身受。生命的最后五年，他创作了一生中三分之二的作品，为我们留下了丰厚的遗产，以方言诗为主，标准语诗歌和散文次之，还有部分适合儿童的读物，都收录在八卷本《哈达德全集》中。

蜗　牛[1]

我们不期而遇，黑夜立变白天，
大地莺歌燕舞，上空天高云淡，

但夜莺的歌声我俩谁也没听见，
车子停住，回家之路只走了一半……

树影摇曳，星光闪闪，
我和亲爱的穿着带袖衬衫。

她的美丽双眸晶晶闪闪，
我不由无数次将口水下咽。

每次见她都拙嘴无言，
这回鼓足勇气，终于壮胆，

对她说："你别走了，待在车里好吗？
不和所爱在一起，你要去哪儿啊？！"

　　她羞答：
　　"嗯嗯，好吧。"

　　　　　　　　我激动大喊：
　　　　　　　　"哎呀！太棒啦！

1　这是一首埃及方言诗歌，记录了一对恋人的情话，有广泛受众，已谱成歌
　　曲。诗中提到有关"蜗牛"的传说，以此为题。

回家的路已然走完，
只剩发条[1]还在空转。"

她霸道又温柔地盯着我看，
脸上挂着喜泪，星星点点。

调情时的爱人最宽大，
她说："你应该说发动机或马达。

我的大诗人！你怎么能说舞姬？
两年来你一直闪烁其词，

咬文嚼字，叫我不明就里，
狡猾得像个狐狸，

你会抽烟吗？点一根可以，
对我好一点，放学后要来我这里，

烟是黑的，你的内心是否阴郁？
但我可以斜躺入你怀里，

考虑一下如何解决问题，
这本是生活的烦忧，但很甜蜜。"

　　我赶忙答应：
　　"好啊！"

　　　　　她也回应：
　　　　　"好吧，好吧……"

1　发条：在埃及方言里也用来指代"舞姬"，稍含贬义。

回家之路已然走完，
只剩发条还在空转。

我说："你声音好小，
我感觉离你很远！

喂，穿半身裙的姑娘，
你如此漂亮，

就像日食中遮蔽太阳的月亮，
就像穿短裙的'雨夜姑娘'[1]，

但愿我是目盲，
只能用触摸来'吸吮'你，
或如昨日在白亚尔[2]闻你。"

她说：
"你可是认真的？小可怜？"

我回答说：
"我爱你爱到将死的边缘！

就像偷匕首的强盗，
自作自受，不可怜。

---

1 埃及是沙漠性气候，下雨的夜晚对埃及人而言是清新迷人、充满浪漫气息的，所以诗人将情人比喻为"雨夜姑娘"。
2 白亚尔：埃及一处地名。

你的声音俘虏了我的心，

因强忍不吻你，惹哭了我的双唇，

宁受焦渴难耐，

夜里坚持只用闻。

我要坚持活到中午，

只为再见君。"

她说：

"唱段沙姆[1] 歌吧，我的小哥哥，

唱段埃及歌吧，我的小哥哥，

把我的旗子插上塔尖[2] 吧，

我的小哥哥。"

我说：

"你来我在两岸之间[3] 的宫殿里，

就当你我都是'精尼'[4] 附体。"

她答应：

"嗯嗯。"

我回应：

"嗯嗯，嗯嗯！"

1　沙姆：一般指地中海东岸的沙姆地区，包括叙利亚、约旦、黎巴嫩和巴勒斯坦，有时也特指叙利亚或大马士革市。

2　把旗子插到塔尖：比喻扬名立万。

3　两岸之间：指尼罗河中。

4　"精尼"：又译"精灵""镇尼"，是一种不具人格的模糊神灵。

回家之路已然走完，
只剩发条还在空转。

我对她说："我们的内心之光，
不遗余力追随以下景象：

比鱼还多的孔雀起舞在草场，
跳着剑舞，庆祝王储当上君王，

我的美人儿，
你为我的诗句添彩增光！"

她说：
"我早生白发的少年郎，
照照镜子吧，看看自己有多靓，

你的耳朵赛画师，把我的话儿描绘成图片，
为咱们祈祷吧，祝咱们顺利到达咱们的宫殿，

精尼和咱们都到蜗牛里边，
我是喂饮你的人，祝你的嘴平安！

如果你说，好吧，
我会回答：太棒啦！"

回家之路已然走完，
只剩发条还在空转。

（齐明敏　译）

法乌齐·昂缇勒
（一九二九年至一九八一年）

埃及现代诗人，一九二九年生于埃及艾斯尤特省。在省内私塾和宗教学校完成基础教育，前往开罗考入师范学院，毕业之后，又在一九五二年取得教育学、心理学高等教育文凭。毕业后在诗歌界崭露头角，结识了万世江河诗社的凯马勒·纳沙艾特与穆罕默德·韦陀里[1]。

一九五九年，昂缇勒前往爱尔兰深造，主攻民俗学，并在学成之后赴尼日利亚和匈牙利大学的阿拉伯问题研究院做过客座教授，最终回到埃及，在埃及图书总局下属的古籍校注中心工作。这期间，昂缇勒撰写了许多关于民俗学的论著。

昂缇勒的很多诗都是自由诗，没有严格的格律，每行诗的长短也不一。他的诗很注重人的本性和世界的本质，表达人类的真实情感，还原真实感受；表现手法多样，或使用数字，或使用符号，来传达语义深度。

---

1 凯马勒·纳沙艾特与穆罕默德·韦陀里：分别是埃及和苏丹的现代新自由诗运动先驱，曾与法乌齐·昂缇勒一同组成万世江河诗歌联盟。

昂缇勒的首部诗集《大地芳香》出版于一九五六年，他在诗集题献中写道：献给"那些祖祖辈辈挥汗如雨、坚韧扛锄的人们，献给那些教会我热爱人们的同族同村的亲人农民"。

大地芳香（节选）

消逝在生命之夜的悠悠千年前……
曙光于此喷薄而出……再将天下洇染，

尼罗后浪推前浪……黑暗中潺潺致远，
水……光……在植物的血脉中相互作用、转换……！

***

千年悠悠……我的水车不曾停止唱诵，
我像呵护腹中胎儿般呵护我的大地，

因祖先曾在这里和我一样过活求生，
令我对这片田野如痴如狂、魂牵梦萦……

一如我的那些同庚同龄……
一如那谷穗……一如那果核……一如那优育良种。

***

就像颤颤巍巍、缀满果实的枝丫，
一旦减负，沉睡的常态瞬间坍塌，

我已一成不变活过每一个逝去的昨日，
不再墨守成规活在每一个到来的今时。

我的灵魂延伸至天边，

灵魂的影子巨长巨宽，

于是……我在其间播撒爱情，
于是……我使自己重获新生！

***

我将死神踩在脚下……
我将暴君无情践踏……

要用斧头保卫家园，
免遭灾祸魔爪摧残。

如果大海对我呼唤……和我的浪花拥在一起，
我会立即朝它奔去，脚下是我支离的尸体！

***

只要提起故乡的大地，
万千思念在胸中涌起：

村内村外四季如春，
百鸟归来欢唱高鸣，

歌咏芳香，歌咏爱情，
歌咏蓝天，歌咏黎明，歌咏寂静的夜空。

当良田在山丘上小憩，
黎明的星星睁开双眼，

照亮河水流淌我身边，
亦唤起我的乡情满满，

从星光当中
吸吮光焰。

冬天，
我用掉光了叶子的枝杈，

为茅舍搭起天棚屋檐，
以便黑暗在屋顶上面浮悬。

我用心灵雕琢大地的欢乐和悲伤，
插种花儿在她的草场，

她则供我饱享花香，
看管我的宝藏，用双手保它平安吉祥。

我的父亲……我的叔叔……为爱她而牺牲，
带着思念她的美梦，长眠在她的怀中。

***
（略二十一行）

我时而快乐……时而悲伤……就像天地万物一样，
但我的心灵始终像朝阳，驱散黑暗，照亮四方……

***
（略三十六行）

大地啊，母亲，
我渴求你的光芒，

你是我毕生最大的快乐和希望，
我把生命深深扎根在你的土壤。

我来了，我的田园……我的永生……我的天堂，
我仍像昨日那个热爱世间万物的孩童一样，

把正午的芦笛吹响，
吹向我那殉道的人民耳旁，

直到他们苏醒……前行……
奋发……群情激荡。

我来了，请跟随我的方向，
我已挣脱枷锁获得解放，

勿要错怪我，
我并未遗忘在这里经历的过往，

请拥抱我，
和我一起走向前方……

请和我一起把国歌唱响，
伴着崭新的清晨向大地播洒光芒……！

（齐明敏　译）

艾哈迈德·福阿德·纳吉姆
（一九二九年至二〇一三年）

　　埃及现代著名方言诗人。一九二九年生于埃及东部省一个贫苦家庭，母亲生下十七个儿子，因无力抚养只留下其中五个。纳吉姆年少丧父，家中更无法供养他，他便前往宰加济格投奔叔父，却被寄养在孤儿院，随后他又辗转到了开罗投奔哥哥，被拒绝后又回到了家乡。

　　纳吉姆从小尝尽生活的艰辛，他在英军军营做过售货员，也做过建筑工人，甚至做过足球运动员。在英军占领的运河城市法耶德，他结识了一群印刷厂工人，在他们的影响下开始自学读写。一九四六年，十七岁的纳吉姆参加了要求终止英埃同盟的千人示威活动，并因此与一大批工人同僚一起被英军解雇。一九五九年，他目睹了工人被警察拷问致死的惨剧，但因拒做伪证而被诬陷贪污，被判三年监禁，在狱中，他写下了著名的《生活与监狱的图景》。出狱后，他开始为亚非人民团结组织工作，后来成为埃及电台的固定诗人。

　　纳吉姆是埃及重要的方言诗人之一，他一生致力于反抗贫困，讴歌自由。一九六七年埃及在六五战争（即第三次中东战争）中败北成为纳吉姆艺术创作的转折点，他从"写诗"到"作词"，用脍炙人口的歌词表达人民的抗争精神，直言不讳地接连批评几位埃及总统，因此数度入狱。

二〇〇七年，纳吉姆被联合国扶贫行动选为扶贫大使，二〇一三年获得荷兰颁发的克劳斯王子奖，埃及媒体赞誉他为"革命诗人""权力的阻挠者"。

格瓦拉的呐喊[1]

格瓦拉死了
格瓦拉死了

收音机里最新的消息
　　　　教堂里
　　　　清真寺中

巷子里
　　　　大街上
　　　　咖啡馆和酒吧中

格瓦拉死了
人们久久闲话着
　　　　谈论着

那位模范斗士死了
真是人类的损失啊

　　　丛林深处
那小伙子死在了自己的火炮之上[2]

　　　在密林深处

1　这是一首埃及方言诗。格瓦拉即切·格瓦拉，一九二八年六月十四日生于
　阿根廷，是阿根廷的马克思主义革命家、医师、作家、游击队队长、军事
　理论家、国际政治家，也是古巴革命的核心人物。
2　此处暗指格瓦拉死于自己人的情报出卖。

即便倒下

即使万籁俱寂
那也是他的战斗

没有鼓手的乐声
更没有讣告唁电

***

你们怎么看？
愿你们荣耀长存……

"古董"们啊！
你们这些只惦念着吃喝的人
穿着暖和的人

你们这些迷恋取暖器的人
衣着鲜亮的人们啊
珠光宝气的人们啊

詹姆森[1]们啊！
那些新近围绕海面浮标
而你争我夺的人们……

你们怎么看？

1　一八九五年十二月二十九日，南非公司经理詹姆森率领一支八百人军队，入侵德兰士瓦共和国，企图一举推翻德政府。结果遭到布尔人军队的围歼，詹姆森被俘，英国的入侵被击溃。这里以此人指代西方列强和入侵者的帮凶。

愿你们荣耀长存……

格瓦拉死了
　　　　全无玎玲乐声

　　　　更无刺耳杂音
　　　　没有讣告唁电
　　　　亦无问询关心

***

大限之时，我始终向他注目
没有同志前来送别

任由他的呻吟在天地间徘徊
他呐喊着，却没有人听到！

***

也许是因痛呐喊
火焰在灼烧五脏

也许他是在大笑
　　　　　或微笑
或颤抖，或迷醉……

或许那是用最后的气息讲出的遗言
　　　　为那些饥饿之人
　　　　所留的临终嘱托

也可以是忠告
留给那些仍在为了事业
　　　奋斗的同志

有太多画面
充满了想象……

有上百万种可能
但是，一定
一定……一定

　　　毋庸置疑的是：
格瓦拉死得壮烈英勇！

***

忙碌着的人们啊，可怜的人们啊
那些头与脚都被束缚着的人群啊

解脱……解脱
你们无从解脱！
除非依靠枪支和弹药——

这，就是一个幸福时代的逻辑
一个黑人、美洲人时代的逻辑

***

总是火焰与钢铁开口说话
正义却往往因懦怯而失声

奴隶们啊！
请听好格瓦拉的呐喊：

无论在何地、何处
组建救亡的军队

都不可替代
无可匹敌！

（李世峻　译）

萨拉赫·贾辛

（一九三〇年至一九八六年）

　　埃及现代著名方言诗人、漫画家、音乐家、左派思想代表人物。一九三〇年生于埃及开罗，从小学习美术，后中途转学去学了法律。

　　贾辛曾在多家杂志和报纸担任过绘画编辑，出品过数部在现代电影史上不朽的电影，写过电影脚本，也扮演过电影角色。但他最畅销的作品是"四行诗"，大部分同时代的人都能背诵，曾创下几天内售罄十多万册诗作的纪录。

　　贾辛的四行诗用方言写就，创作源泉是一九六七年六五战争失败的打击。乌姆·库勒苏姆在失败前夜唱了贾辛写的歌，题为《他们带着武器回来》，这使贾辛万分悲伤。

　　贾辛诗中描写的对象都是底层百姓，例如农村小伙的梦想、街边穷人的每日辛劳等，但又不失颇具深意的人文内涵和哲理思索，所以被誉为"穷苦大众的哲人"；他的许多革命诗歌曾被谱成歌曲，由知名歌唱家们唱响，于是变成了鼓舞大众的战斗歌曲，他也被誉为"革命诗人"。

　　六五战争失败的阴影导致了贾辛久治不愈的抑郁。一九八六年四月二十一日，贾辛服下了过量的安眠药，撒手人寰。

七月之歌[1]

感觉自己腹中，
涌动着弃妇乳中的奶水，

又像，
眼泪，

不，像鲜血，
像火焰蹿飞；

不！
是话语！

血腥可怖，
振聋发聩！

它就像盛夏的日头，
火炉般将一切熔化，

它就像十月、十一月的炙热啊[2]，
火辣辣；

---

1 这是一首埃及方言诗。七月是科普特历，即公历的三月，指代春天。这首诗是诗人为和自己一样遭遇不白之冤而同受牢狱之苦的朋友们而写的，意欲为这些狱友公开发声，不再袖手旁观；鼓励狱友及其亲属抱定必胜的信心，等待春天的到来。

2 十月、十一月是科普特历，即公历的六至七月，正值酷暑，届时埃及南方高温可达四十度以上。

愿我的胸膛
变作滚烫的铜铸碉堡[1]，

随着酷暑升级，
自身温度越来越高，

熔化监狱大锁，
狱卒们也性命难保。

所有经书
皆诅咒袖手旁观之病，

所有经书
亦诅咒装聋作哑之病，

绝口不言
虽如蛛网般不堪一击，

但足以使骑士摔下陷阱，
更何况我等普通百姓！

五颜六色的鸣禽，小巧灵动，
它们生命的意义就在于啼鸣。

我的心，就像一只会唱歌的鸟，

1　因铜的导热性好，所以可将上文屡屡提及的"热"迅速导入自身，再传导
到接近的人（例如下文提到的狱卒）。诗人这里比喻他满怀激愤的心情，
决心为了战友不顾禁忌勇敢发声，将诗句化作熔炉，熔化关押战友的牢
狱，烧死看守战友的狱卒。

不鸣叫，无以生！

啊，桑树发芽时分[1]的惠风，
吹面不寒，和煦温暖，

大锁已在夏日熔化，
踪迹不见。

我心之鸟，展翅飞吧，
飞过千家万户，将口信传，

去那不见爬墙虎，又无茉莉花的宅院[2]，
对女主人说，

美丽的女士啊，
你的言谈如此沉甸甸，

嘴角带着微笑，
但是笑中却掺着伤感，

如今你不知所措，
进退两难。

我发誓，
你的亲人一直爱你，

爱了你很多年，

1　桑树发芽时分：指科普特历一月（公历九月），初秋时分。
2　暗示宅院缺乏生气。这里是指狱友的亲属痛苦伤感，对生活失去热情。

很多年。

我发誓，
以每个思乡的夜晚之名，

以每个失眠的黎明之名，
以每个期盼的清晨之名，

以每个汗湿的中午之名，
以每个疲惫的黄昏之名，

以每个可怕的黄昏之名——
黄昏之际往往思念令人发疯：

你的亲人没有弃绝你，
没有背叛感情[1]，

他从未说过，
想要摆脱爱的苦痛，

尽管他已经骨瘦如柴，
千疮百孔，

他从不只考虑
自己的心情，

对家庭，对那深深的胡同，

---

1 这句诗模仿《古兰经》第九十三章（上午章）第三节经文"你的主没有弃绝你，也没有怨恨你"，以增加语气。

他真的很忠诚，

普罗大众可以为他说明，
更无须向天神求证。

我的心啊，
当你飞往那万室千厅，

莫学蝙蝠，
勿仿夜莺，[1]

还是像你以前那样，
谨慎小心，

"千耳万舌"[2]，
度理揆情，

哪怕匍匐，也要前行，
哪怕五月[3]，天寒地冻，

你去看看，你去听听，
广大百姓受何苦痛。

喂，充满忧伤的心脏，
请对铁皮屋主[4]说，快打开门窗，

1　蝙蝠在这里指代悲观之态，而夜莺指代乐观之态。诗人告诫自己，去拜访
　　狱友的亲属时，不要过于悲观，也不要过于乐观。
2　比喻多听多看，谨言慎行。类似"见什么人，说什么话"。
3　五月是科普特历，即公历的一月，寒冬季节。
4　铁皮屋主：指平民。

久违的亲人已归来，
赶紧起床，

他们已将痛苦饱尝，
万请原谅！

铁皮屋的主人们，
尽情欢乐吧，期待好事将近。

我非耶稣，
不能传播福音：
"为主受苦的人有福了"[1]，

但是我以你们的名义，
立下誓言：

你们真诚，简单，
但这个世界却充满欺骗，

为此，我心焦灼，
坐立不安，

将胸口的纽扣扯开，
但不是为了时尚、好看。

我内心充满哀叹，

---

1 "为主受苦的人有福了"：《圣经》所说"八福"之第八福。

绝望、铁与铁撞击[1]不断，

最终化作
战歌慨然。

啊，七月，
请快点到来，

带着香馨的春天，
带来绿色，小鸟，吐丝的家蚕，

带到这里，
看看我不戴面具的脸，

我的心可以忍受熬煎，
扛过六月[2]——"寒冷之王"，

迎来万物复苏的太阳之父七月间，
我终将可以开怀大笑，不必再遮遮掩掩！

（齐明敏　译）

1　"铁与铁撞击"：形容内心的矛盾、纠结。
2　六月是科普特历，即公历的二月，被称作寒冷之王。诗人以此比喻黎明前
　的黑暗。

纳吉布·苏鲁尔
（一九三二年至一九七八年）

　　埃及现代诗人，上世纪六十、七十年代辈[1]明星诗人之一。一九三二年出生于代盖赫利耶省的一户普通农民家庭。自幼喜爱戏剧表演，在法律系大四时毅然转入高等戏剧艺术学院学习。一九五六年毕业直至去世，一直工作在表演和导演两个领域。

　　一九五八年年末，他前往苏联、匈牙利学习戏剧导演。一九六四年回到祖国，创作了大量戏剧、诗歌，他可以说是六十年代阿拉伯戏剧繁荣期埃及戏剧领域最重要的人物之一。

　　苏鲁尔的出身和早年的困苦生活环境塑造了他反剥削、反压迫的价值取向。一九五六年，他的第一首诗问世，题为《鞋》，就是揭示和批判其父亲惨遭村长欺负的事实。随后，苏鲁尔加入埃及"民族解放民主运动"组织。

　　苏鲁尔的诗歌和戏剧作品大多以异常勇敢的姿态批评当时埃及统治制度的黑暗面，呼吁社会公平正

1　六十年代辈、七十年代辈、八十年代辈等，指上世纪六十、七十、八十年代艺术成熟的诗人辈，而非六十、七十、八十年代出生的诗人辈。

义，于是屡遭监禁，受尽折磨。代表作《一众文盲》就是对当权者的辛辣讽刺，也是借由诗歌将多年遭受迫害而积压在心的愤懑一吐为快。为此，他多次被强制送入精神病院。

苏鲁尔后来健康恶化，患上精神疾病，并于一九七八年十月二十四日逝世。

某日，某月，某年

埃及的子民们啊
你们安好

同胞们啊
愿你们与埃及同好

我们是已逝之人
斯人虽已离去，仍有言语相托

你们当起誓，永志不相忘
还要使子孙牢记

一代又一代
把它镌刻在，时代的良心之上

要谨防遗忘！
遗忘就是死亡

念念不忘，终能得生
抛却脑后，难逃灭亡

***

向你们问安……
我们来自远方

来自"底比斯"[1]

如何而来
我们如何而来？

去问问我们身上累累的创伤
和那一双双早已凋落，却不曾放下兵刃的手掌

我们是如何在重重恐惧中度过了那个时代
历经了每拃每寸的死亡

在座座坟墓间艰难行走
跨过一个又一个烈士的尸首……

就这样，
我们来了

***

那一天
那无法忘怀的一天

你们当将它牢记
还要使子孙牢记

要谨防遗忘！
遗忘就是死亡

---

1 底比斯：公元前十四世纪中叶的古埃及新王国的国都，现称卢克索。

念念不忘，终能得生
抛却脑后，难逃灭亡

向你们问安……
那亘古的河流正是忠贞的标志

每过一年她都普惠福利
那棕色的土地正是给予的标志

每日、每年她都奉献财富颇丰
我们所有人都是这样

向尼罗河学效忠
向大地学赤诚

由此，令人民深恶痛绝之事仅有三样：
第一是不忠，第二是不忠，第三还是不忠

***

何谓英雄气概？
做自己力所不逮之事？
那，是伎俩

做别人力所不能之事？
那，是手艺

或是完成看似不可能完成之事？
那，是巧合

所谓英雄者
在于无论做任何事
先牵挂你的人民

再惦念你的国土
然后才想到自己

我们是善良的民族
是丰饶沃土的儿女

但凡和平的爱好者
都能踏足这里

普天下的朋友们啊
你们可以

在这里拥有和平、友爱与兄弟之情
那些对她怀有觊觎之心的人们，要当心！

这片土地善于说不
她所诞下的只有铮铮铁骨

她痛恨侵略者
以及暴君虐政

也许她也会一时屈身暴虐，麻痹大意
但她不会被忘记！

她只是在放松绳索
让施暴者绞死自己！

***

有人说，屈辱自古就将驼鞍
放定在埃及的土地

说她不曾有一日
抵抗或反击

那么，就让他们去问历史
尼罗河是怎样将一切吞噬：

法老，祭司，
乃至神灵……

去问那些统治者
问傲慢无比的波斯人

问罗马人和土耳其人
他们侵略成性

为什么，我们把问题
向远方抛去？

***

尼罗河如同地图上绘制而成的神鳄
那并不是自然的奇迹或巧合

要熟知近乎眼前，无所不在的

你们的英雄

房屋内，街道上，
农田里，工厂中，

乃至进入剧院……
看呐！他们就坐在你们中间

不要把他们认错
切莫对他们视而不见

所谓英雄
可能与身边大众一样普普通通

他们会如骑士乘雷电从天落地
在某日、某月、某年、某世纪……

***

在普通人眼中
究竟从何而来，那些英雄？

他们会如骑士乘雷电从天落地
在某日、某月、某年、某世纪……

他们乃是来自内心深处
来自人民的内心深处：

他是一个农人，
眼中有尼罗河的澄明

也有大地的气节……
有巨人的雄风

他敢于迎战小路崎岖的风险
他就是终将奋起的人民大众

在某日
某月
某年
某世纪之中……

（李世峻　译）

凯马勒·阿马尔

（一九三二年至二〇〇五年）

埃及现代诗人和艺术家。在六十年代登上诗坛的诗人中，阿马尔似乎"生不逢时"，他的诗歌成绩被同时代的萨拉赫·阿卜杜·萨布尔[1]和艾哈迈德·阿卜杜勒·希贾齐[2]等杰出诗人的光芒掩盖，以至于没有进入一流诗人名列。

有诗评家如是说："阿马尔的诗跨越了大白话、做报告、喊口号等模式，直入解剖真实经历一层；从表面化直接跨至将个人经历与社会重大问题深度融合的层面，或者说揭示了诗人内心世界与其外部世界的独一无二的枢纽。"

阿马尔创作了多部诗集，诗中清晰展示了他的"底层文化"内涵和苏菲主义、历史层面的感悟，他的诗集是他社会亲历和狱中度过的青春年华的再现，所以带有浓厚的悲情色彩。同时，他的语言质朴，把大众语言掺入标准阿拉伯语之中。

晚年阿马尔患上阿尔茨海默病，记忆缺失，于二〇〇五年五月十一日不幸离世。

1　萨拉赫·阿卜杜·萨布尔：埃及现代著名诗人，阿拉伯自由体诗运动的先驱之一。

2　艾哈迈德·阿卜杜勒·希贾齐，详见本书第206页介绍。

愿开罗之晨永安

愿开罗晨安
倾盆之雨为你祝好

无尽天空向你问安
天空依靠在你胸前的那日

便早已应许了诸多祷念
那是一个难以忘却的夏天

看呐
那个叫做奥拉比 [1] 的人
在你乳汁丰满的胸前吸吮着，泪光清晰

座座丘陵之上，高举着你绿色的旗帜
在神圣之夜里，升起如玉盘般的曦阳

啊！开罗
我曾多么强烈地盼望这一天的到来！

那样强烈，如此强烈！
我曾享用它苦楚的双眼

像烈士一般疾行
双手却仍然紧握着知识

1　指艾哈迈德·奥拉比，本书已有介绍。

哪怕地球
已停止运转！

***

啊！开罗
想想吧

这一天多么似梦也如幻
好像战胜了生活的艰险

看吧！
当你决心捍卫真理，守护弱小
便真正获得了解放，自由自在！

祝你平安，众日的首领，旷野之母亲
平安、祝福将始终与你相伴

无论何种身份之下
你将永为旗帜、灯塔和焦点！

你放声歌唱，嗓音舒畅，如夜莺一般
愿开罗晨安！

***

愿开罗晨安
你已经七十有一，不再少年

你已经具备了理智
快穿起法蒂玛[1]的嫁衣

拿起萨拉丁的宝剑
好在外敌来临之日，以牙还牙相见

你曾成功抵抗，
"征服者"[2]名不虚传！

也曾踉跄跌倒，但仍清高恬淡
你也曾从容小净[3]，坚毅泰然

***

愿开罗
晨安

开罗之夜亦然
直至永远！

真主早已净化了开罗的前额
开罗的心脏，还有躯干

愿主赐福
开罗的青年

1　指法蒂玛王朝（九○九年至一一七一年），北非伊斯兰王朝，又译法提马
　　王朝，中国史籍称之为绿衣大食，西方文献中又名南萨拉森帝国。以伊斯
　　兰先知穆罕默德之女法蒂玛得名。
2　"开罗"在阿拉伯文中原意为"征服者"，此处一语双关。
3　伊斯兰教净礼之一，即在进行宗教仪式前冲洗部分肢体。

给予青年更多援助——
他们是开罗的膀肩

愿开罗晨安
开罗之夜亦然

直至永远!
永远……永远……

（李世峻　译）

穆贾希德·阿卜杜勒·蒙内姆·穆贾希德

（一九三四年至今）

埃及现当代诗人、翻译家、记者。一九三四年生于埃及开罗，一九五六年取得开罗大学文学学士学位。

穆贾希德自一九五五年开始成为一名记者，直到升任中东新闻社副总编辑，同时担任埃及各个大学主讲哲学、美学的客座教授，亦是作家协会、记者协会以及哲学学会的会员，《金字塔报》文化顾问专家。

穆贾希德也是一位著名的思想家。他曾参与诗歌复兴运动，后因为在哲学美学方面意见相左而脱离。

穆贾希德的诗歌很具感染力和影响力。他总共创作了六部诗集，其中一多半是在他二十多岁的时候写就的，所以说他的创作高峰是在青年时期。同时，因为他主攻的专业是哲学，所以在他的诗中也体现了很多哲学思辨。他的很多诗歌被翻译成西班牙语和俄语。

诗集之外，他还有其他一些文学作品和学术论著。

女神啊，那并非梦境！

在梯子上攀爬已让我气喘吁吁
更不用说要习惯你高耸的悬梯！

那玉宇琼楼之上的人啊
我把苦楚深藏，缄口不言

只为一睹你的双眼
即便你是月中仙，我也当奋力登攀

紧紧握住你宫殿的梯舷
对自己的心说：冷静！马上就能见到她的容颜！

然而心脏不愿停止狂跳，并不听劝
以致呼吸都变得困难！

女神啊：
我的心已冲出肋骨间

去同你的守卫论战
我手捧那颗心来到你门前

它像只蝴蝶起舞翩翩
爱情为它把两翼增添！

＊＊＊

我的心唯有在光芒之中才能存活

而那光芒必来自于你！

你宫殿的大厅就像发光的太阳
女神啊，我战战兢兢地敲响你的门廊

心对我说：
那光芒马上会将我们照亮

你从门内向我走来，面颊滋润
我瞥到了你的床铺，你的墙镜

想象着自己没有看到的
事物和场景

甜美的歌声正从你的乐匣子中传出
我把心赠送给你作为礼物

你抬眼向我观望，却不屑一顾地说：
"把它放在那边的楼梯上！"

女神啊，你关上了门
冷酷无情

你把那颗心丢弃门外
黑暗中的它什么也看不到，甚至自己的眼睛

我看到你的影子远离窗户而去
于是对自己的心说：快走吧，我们回去

然而心却拒绝回去

它仍像蝴蝶一样飞向天际

在黑暗中慢慢衰老昏聩，不明是非
舷梯上的灯你没有点亮，一片漆黑

大厅中的灯你将它关闭
你回到镜子前，开始哼唱甜美的歌曲

而我则任由黑暗把心吞噬
直至死去

***

清晨来临，
你睁开双眼，打开屋门

也不会发现那颗整夜停留
已经枯萎的心

甚至不会察觉门前的鞋印
你对自己的心说：昨夜是否有人来临？

难道那只是一场梦游？
就好像我并没有去找你，开门的也不是你的手！

（李世峻　译）

艾哈迈德·阿卜杜勒·穆阿提·希贾齐
（一九三五年至今）

　　埃及现当代著名诗人，自由诗运动先驱者之一。一九三五年希贾齐出生于埃及米努夫省塔拉小城，一九五五年高中毕业，次年开始在埃及《早安》杂志任职。叙利亚宣布独立后[1]赴大马士革工作半年有余。

　　回国后，希贾齐开始在埃及著名周刊《鲁兹·优素福》任编辑，后升任该刊文化部门主管，并于一九六九年升为主编。一九七三年至一九七四年间，由于对萨达特[2]当局的不满与公开批评，诗人曾被迫两次离开工作岗位，更因在一份谴责当局的声明上签字而在一九七四年年初前往巴黎定居。此后，分别在法国巴黎大学、新索邦大学任教，主授阿拉伯诗歌。一九七八年至一九七九年间，先后在新索邦大学获得社会学学士以及阿拉伯文学研究生学历。后回到开罗，自一九九〇年起开始为《金字塔报》撰文，同年

1　叙利亚曾于一九五八年二月宣布与埃及合并为阿拉伯联合共和国。后于一九六一年九月宣布脱离阿拉伯联合共和国，成立阿拉伯叙利亚共和国。

2　穆罕默德·安瓦尔·萨达特，埃及前总统（一九七〇年至一九八一年在任）。曾主导发动第四次中东战争以及《戴维营协议》的签订。一九八一年在参加一场阅兵式时遇刺身亡。

接任《创作》杂志主编并履职直至二〇〇二年。

对希贾齐而言，一生中的两次迁居（从塔拉到开罗、从开罗到巴黎）均对其人生轨迹和诗歌创作产生了重要影响。用诗人自己的话说，彼时的开罗之于塔拉，巴黎之于开罗，都像是"梦中之城"。然而，虽然曾在巴黎旅居近十七年之久，诗人强烈的家国情怀却始终不渝。

希贾齐至今出版了多部诗集，其中有《无心之城》（一九五九）、《美好年华的挽歌》（一九七二）、《夜之王国的生灵》（一九七八）、《水泥树》（一九八九）等。

马戏演员的挽歌

在这满是谬误的世界里
唯有你，被要求失误为零

因你的身量纤弱
哪怕只是一次，或快或慢

都会自高空坠落
碎尸覆盖大地

***

究竟在哪个夜晚，那失误会亮相？
就在今夜！抑或在另一个夜里……

当盏盏明灯的光亮在场地暗淡、关闭
在众人的呐喊声中，以光为铺垫，你闪亮出场！

当你像骑士巡视他的城池，同它告别一般
向四周挥手致意，

似在一种高贵的沉寂里，
向众人索求慰藉

而后便走向
绳索的一端

身体笔直，像木乃伊一样
和着你的步点，人们敲打着节拍

嘈杂声充斥着宽阔的马戏场
而后众人齐说：开始吧！

究竟在哪个夜晚
失误会亮相？！

***

当身体交给了恐惧和冒险
群众演员的手脚像自动化了一般

时而自行伸展
时而将自己从死亡的盆地收还

时而像蟒蛇曲蜷
时而像黑白花猫野性凸现

它们在圆形的场地上或分散开来，
或厮杀交战

你则一拨又一拨展示着使人惊颤的技艺，
犹如施恩一般

在行将毁灭之前
你骤然叫停众演员

在死亡盘踞的地界

你始终嬉闹勇敢

你将两根绳索
交叉拧卷

飞身离开了一处"安全港"
并未够着下一个来避险

于是，
惊恐冻结了众人脸上的愉悦、怜悯和倾听……

直到你平稳而回，状态轻盈
高举双手向众人致敬

究竟在哪个夜晚，那失误会亮相？！
黑暗中，它延伸在你的下方

拖延着它那沉重的等待
好像它是神话里不能为人类所驯服的妖怪

它美轮美奂！
像孔雀一般

如蛇样勾魂
如豹般矫健！
它异常勇敢！

危急时刻，它如稳重的雄狮
看似沉睡，它却又狡猾善骗！

暗中它正伺机一跃而起
将身隐匿，人所不见

在你的下方，它啃噬着石块，
等待着它渴望已久你那坠落的瞬间

只要你在计算步数时
稍有疏忽

或一时未能巧妙捕捉机缘
或是记忆登台在瞬间！

都会为掩饰它赤裸裸的闪现
而独自致歉

抑或自负在你的头上站立盘旋
喝得肠肥脑满

终会醉于寂静，惊异于那倾斜的秋千
就在你打转的瞬间！

在你的身下
绳索晃动，

像被弓箭手拉动的弓弦
夜晚爆发出刺耳的叫喊

好像贼人投掷出他的匕首短剑
就在你打转的瞬间！

灯光交错在搁浅般折断的身体上边

映照在下垂、残破的手臂和双腿上面

你，却在微笑！

似乎，你明白了什么

相信了预言！

（李世峻　译）

穆罕默德·阿菲斐·马塔尔
（一九三五年至二〇一〇年）

　　埃及现代诗人，六十年代辈中颇具争议的诗人之一。一九三五年生于埃及米努夫省，毕业于开罗大学文学院哲学系，一九八九年获国家诗歌奖鼓励奖，二〇〇六年获得国家诗歌大奖。二〇〇〇年由东升出版社出版其作品全集。

　　马塔尔的诗歌独具特色，包含各种古老文明、宗教以及哲学知识，语言表达多样化，有多重复合画面感。所以部分诗评家认为他的诗歌晦涩难懂。他对此回应道："你要懂什么？词义词源吗？你是不是可以品味你所不知道的呢？你是不是可以感受那未知的、模糊的、尴尬的、奇异的呢？"他认为，以往的诗歌教育是"可恶的"。

　　马塔尔一生颇具"反骨"气质，始终把批评的矛头对准从萨达特总统到穆巴拉克总统等当权者，这也给他带来了许多不幸。

　　马塔尔二〇一〇年去世，身后留下多部诗集，其中有《自无言之册》（一九六八年）、《饥饿和月亮》（一九七二年）、《塔米在诉说》（一九七七年）、《欢乐四行诗》（一九九〇年）等。

古老的土地

我看到
她被书写在祖辈相传的契约之上——
那是人类、凿具和岩石的篇章

我看到
她在夏日的缝隙间流淌
密如丛林的手掌在树木的血液中生长

看到她从滚烫的淤泥里牵拉出的脸庞
用绿色的枝条和果实织就的绸纺

她破土而出的骸骨
幻化成的蝴蝶

似在旅途中飞翔
被烈火和翻滚的云尘浸染成绛

***

那纸契约
早已被封上

用如炙似烤的文字
配一方熊熊燃烧的图章

从岁月篮筐抽出的它

四下边沿满是库法体 [1] 的装潢

还有尘卷旌旗间商队的足迹
如枭鸟窝巢般地拥挤和密集

还有剑客和教长
留下的标识印记

***

当我的手指折断
坐骑的关节也日渐枯槁

烈日下，我站在大漠之中
等待着吉祯的征兆和记号

以便抖擞精神
密语悄悄……

***

我在大漠中站立
被甲持兵，眉头锁紧

眼望大地的表皮——
阳光下，那里变幻、更迭，或暗或明

---

1 库法体：阿拉伯文的一种古老的书法体。以伊拉克历史文化名城库法命名，
　被广泛用于书写《古兰经》、清真寺建筑装饰、宫廷文献和雕刻碑文，打
　印钱币以及向邻国及各部落致书、缔约等。

每当烈日炎炎
光芒如一支支红缨枪直戳头顶

我都会用诵读
走上伫立废墟的旅途：

"自长袍深处
我取出神圣的契约之书

每当其中的文字
在蛀虫的蚀咬下断裂、消除

都会有座城池
损毁倾覆

或一座城堡，或一个王国
崩裂坍塌在罗马人的铁蹄落下之处

或是领土缩水
只得在立足之地将藩篱高树"

***

假如这棵树
没有盘根错节直至深处

没有把光芒
在树心做成"食物"

没有纺叶成片
也就不会拥有那由盛及衰王国的寸土

那里，她开枝散叶
将那被雕成繁花状的阴影向远伸出……

***

我看见你，野羚羊
在每座大山的深处将我盼望

在每一棵树旁
追着每一片行进的云朵奔向远方

假如我折断的手指
再次生长

那么你——我的野羚羊
就还是个青葱姑娘

为我送来她
圣洁的点心

还有她那流苏飘逸、
点缀着红色郁金香的围巾……

（李世峻　译）

艾迈勒·敦古勒

（一九四〇年至一九八三年）

埃及现代著名诗人，一九四〇年出生于基纳省，其父是享有爱资哈尔大学"学者证书"（相当于"博士教授"证书）的学者之一，拥有一间硕大的书房，藏书甚多，成为他最早的"文化源泉"。十岁时父亲不幸去世，家道中落，但年轻守寡的母亲以出租一层住房维持了家庭的"颜面"，所以艾迈勒·敦古勒一生都非常重视家庭的"完整性"。

艾迈勒·敦古勒在家乡基纳读完高中，抱着学理工科的愿望去开罗深造，但受同乡艾布努迪等朋友的影响，最终考上了开罗大学文学院。但只学了一年就辍学回到家乡，在地方法院、海关等部门工作不久，就离职专心创作诗歌。

上世纪五十至六十年代是埃及风云变幻的时代。艾迈勒·敦古勒受出身影响，政治上秉持左派立场，投身批评现实的大军之中，大胆地揭露社会的黑暗，表达平民生活的痛苦无助，充满了对平等自由的渴望。六五战争之后，他不仅坚决地反对阿以和谈，而且写了多首诗歌鼓舞战斗勇气，抨击"投降主义"。因此，诗人一生命运多舛，多次锒铛入狱。

艾迈勒·敦古勒诗歌最重要的特点除其"革命性"

之外，还有摆脱了五十年代盛行的希腊化、西方式的"神话"之路，反而大量吸纳阿拉伯文化遗产，尤其是古典文学中的寓言和故事，强化了阿拉伯民族属性，增加了诗歌的深度。

艾迈勒·敦古勒八十年代罹患癌症，这又增加了他一生的悲剧色彩。晚年，他虽然遭受病痛折磨，但是在创作中更多地超越自我，通过阿拉伯的悲剧关注人类的整体命运。一九八三年，因癌症离世。

穆太奈比的回忆[1]

……我厌恶瓶子里酒的颜色，

但是却迷恋它，以此得以解脱。

因为自从来到这个城市，

我就变成了宫殿里的一只鹦鹉：

深知这宫廷的痼疾！

……上午我在卡福尔[2]面前现身，

让他放心，我仍然是他手心里的小鸟，

在笼子里呢，跑不出去！

可我看到了那个小洞，

和他那张黝黑的脸，还有猥琐的身形，

我为阿拉伯而哭泣！……

……他示意，让我为他吟诗：

我献上一首，赞美英勇的宝剑，

可他的剑早已生锈……藏在剑鞘里！

当他闭上沉重的眼睑；转身离去，

我迈着沉重的步伐踱步宫殿的大厅

看看埃及人，

他们等待着他，荡涤黑暗，将耻辱雪洗！

我来自阿勒颇[3]的小妾，

---

1 穆太奈比：中世纪阿拔斯后期的著名诗人，阿拉伯诗歌史上第二位被称为
  "诗王"的大诗人。
2 卡福尔：卡福尔·伊赫西迪，马穆鲁克时期伊赫什德王朝第四任总督，辖
  制埃及和沙姆地区。穆太奈比曾经投靠于他，试图实现自己的政治抱负。
3 阿勒颇：叙利亚第二大城市。

问：咱们何时归去？

我说：

在我们与赛弗·道莱[1]之间的边境上

岗哨密集。

她说：我厌烦了埃及，

厌烦了这里凝滞的空气。

我说：我也厌烦了，和你一样，

每天日出而作日落而息，

被玩弄于那傻瓜埃米尔的手心里。

我诅咒卡福尔，

却只能失败地睡大觉。

……

"郝莱"那个满面春风的贝都因姑娘，

我在杰里科附近见过她，

不到一个小时，没说什么便匆匆分别，

但是她每天晚上都在我的思绪里，

噘起的小嘴表达思念和抱怨，

我吻她美丽的脸，

抱住她怒放的胸！

……

我问远来的驼队可见过她，

他们告诉我，她仍手握宝剑

在夜间对奴隶[2]商队发动突袭，

每当战斗打响，只能告别战死的兄弟，

---

1 赛弗·道莱（九一五年至九六七年）：穆太奈比早期的恩主，叙利亚北部
  哈姆丹小王朝埃米尔的创始人。

2 奴隶：这里指非阿拉伯人。

或抛下父亲，因为他老迈无力。

是他们抢走了她，

但是邻居们只是从家里向外观看，

颤抖，身体和精神，

不敢上前拾回她掉在地上的武器！

……

（卡福尔问我为什么伤心，

我说，她像一只流浪的猫，

还在拜占庭漂泊。

她在呼救：卡福尔，卡福尔[1]！

他遂命令属下去买一个罗马女奴，

用鞭子抽打她，让她求救，

高喊：罗马，罗马！

这样岂不是以眼还眼，以齿还齿！）

……夜间，在卡福尔御前，

我绝望至极，

睡着了，不，我没睡，

我在梦中见到了你，

你勇敢的士兵们高呼着：

赛义夫道拉。

你是太阳，

也许在运行中偶然被乌云蒙蔽，

---

1 据说在阿拔斯王朝穆厄台绥姆哈里发时期，阿拉伯帝国北部边境遭到拜占庭军队袭击，一个古莱什妇女遭到强暴，那女人拼命求救，高喊："穆厄台绥姆！穆厄台绥姆！"穆厄台绥姆在梦中听到呼唤，立即起身，御驾亲征，赶走了侵略者。这个故事成为典故，当平民呼喊君主之时，君主应当像穆厄台绥姆那样及时赶到，承担起救助的责任。

你胯下是那流星般的战马，
手中是那坚硬的皮鞭，
在罗马的阵前你高喊，
杀呀，
直吓得敌人眼珠子掉进了喉咙里！
你杀进重围，不给敌人留一条生路，
你冲锋，留下一片鲜血与哭泣，
你微笑着回来了，力竭精疲。

阿勒颇的小伙子们高喊着：
"阿拉伯的救星！"
"阿拉伯的救星！"
你微笑着回来了，力竭精疲。

我打了一个盹，
一瞬间梦见了你，我对你高叫：
我已经认清了这个软弱的先生，
高高在上，
和酒友们侈谈他的宝剑如何锋利，
而那宝剑正在生锈，藏在剑鞘里！
当他的两只沉重的眼睑垂下，离去，
连仆人也揶揄！

我的小妾让我雇个侍卫，
埃及到处是强盗，没人护着这个家，
我说，给你，我锋利的剑，
放在门后，挡住强盗足矣！
（我并不需要什么知名的宝剑，
只要有卡福尔做邻居？）

"节日啊，你如何去又复来？"[1]

你带走了什么，

还是犹太人占了你的土地？"

"埃及的军官们睡着了"，

兵营变成了歌舞场！

我呼喊：尼罗河啊，

你的水里淌着血，

为了泛滥吗？人民呢？

如果有人召唤是否会勇敢奋起？

"节日啊，你如何去了又复来？"

（张洪仪　译）

1　大诗人穆太奈比因未能实现自己的政治抱负决定重返沙姆，回归赛弗·道莱的哈姆丹国，在他逃离埃及之前作了一首诗，开头为"节日啊，你如何去了又复来"，用来抒发自己壮志难酬的悲哀。

向卦师扎尔卡哭诉[1]

神圣的卦师啊，

伤痕累累、浑身血污的我来拜访你，

我穿着死人的外套，爬过堆积的尸体，

我蓬头垢面，衣着腌臜，宝剑弯曲。

扎尔卡，请问，

请用你玛瑙般的嘴道出圣徒的言语，

告诉我为什么我折断的臂膀仍然擎着战斗的大旗，

为什么孩子们戴着钢盔倒在沙漠里，

为什么我的邻居为了喝上一口水，

刚一探头就被子弹洞穿了头颅！

为什么他们满嘴衔沙，淌着血滴！

扎尔卡，请问，

为什么我在宝剑与墙壁之间孤独地站立！

为什么那女人疯狂地呐喊，想要逃脱被俘获的命运？

这耻辱如何承受，

走开吗？能不自杀？！能不崩溃？！

能不将这肉身变作污浊的尘土颗粒？！

神圣的先知啊，说说吧，

说说，以主的名义，诅咒丑恶，诅咒魔鬼，

不要闭上你的双眼，硕鼠

正在喝我的血做成的羹汤，而我无能为力！

说说吧，我的耻辱无以复加，

黑夜，还有墙壁，都遮不住我的羞体！

1　扎尔卡·耶玛麦，阿拉伯古代传说中的女卦师，每逢部落大事总被邀请来
占卜吉凶。这里喻指当代阿拉伯人仍然停留在古代，与外部世界产生了巨
大的隔膜与疏离。

手里抓的报纸让我无法隐藏，

浓浓的烟云无法将我遮蔽！

一个大眼睛的小姑娘在我身边跳来跳去，眼中充满了狐疑。

"小妹妹，刚才他在讲述你的故事，

我们挂着步枪，解开上衣的扣子，

躲在战壕里。

当他在日光暴晒的沙漠里干渴而死，

曾用你的名字滋润干裂的嘴……

然后把眼帘垂下去！"

到哪里藏起这张罪犯的脸？

欢快的笑声：他的笑……

脸……还有闪烁的诙谐会意。

神圣的先知啊，

不要默不作声……我已经沉默了一年又一年，

为了获得今后的平安。

他们说"闭嘴"，

我闭上嘴，闭上眼，像被阉割的马一般失去了活力！

活像个阿卜斯部落的奴隶，

照看驼群，

剪驼毛，

把骆驼轰赶到群里。

我睡在被遗忘的驼圈，

食物：干面包、干枣，冷水。

我与痛苦搏斗之时，

战士们、弓箭手、勇士却——放弃。

我被唤到广场！

我，那个许久没有尝过鲜肉的人，

那个手无缚鸡之力的人，

那个早已不再年轻的人

被传唤去赴死，

而不是去座谈问题！

说说吧，神圣的先知，

说说吧，说说吧……

如今我这样鲜血淋漓躺在地，

这土地饥渴得贪婪无比。

我要问令我窒息的沉默：

"骆驼为什么走得那样慢?！"

"驮的是琼蒂拉还是侯黛达？"[1]

谁与我真话一句?

我要问为何俯首为何下跪，

为何镣铐拖地：

"骆驼为什么走得那样慢?！"

"骆驼为什么走得那样慢?！"

……

神圣的卦师啊，

有用吗，你绝望的话语?

你对他们大谈尘埃里的驼队，

他们怨你，扎尔卡，有眼无珠！

你对他们讲述大树的阅历，

他们嘲笑你唠唠叨叨不着边际！

当他们突遇剑锋便说，用我们去交换……

以此得救、逃离！

我们伤透了心，

伤透了灵魂和嘴皮。

1　此诗句引自阿拉伯古代寓言《泽巴公主的故事》。故事里库赛尔设计将人
藏在麻袋里放在骆驼背上，趁黑夜进城对敌人发动突然袭击。因此骆驼走
得很慢。有诗人问道："骆驼为什么走得那样慢?！"之后此文成为典故，
指某人藏有不良动机。

只有死亡,

残垣

和废墟。

无家可归的孩子们在渡过最后一条河,

女人们拖着镣铐,

衣不蔽体。

低着头……只有哀哀的叹息!

你,扎尔卡啊,

孤独……迷离!

仍然唱着爱的歌儿、伴着阳光,

乘着豪华的马车、衣着华丽!

我把肮脏的脸藏在哪里

才能不玷污这纯净,愚蠢的、迷茫的纯净

仅在男人和女人眼里!?

你呀,扎尔卡,

孤独……迷离!

孤独……迷离!

（张洪仪　译）

赛义德·希贾布

（一九四〇年至二〇一七年）

埃及现代方言诗人的主要代表人物之一，"使埃及方言在阿拉伯世界家喻户晓"。一九四〇年出生于埃及代盖赫利耶省的一座水畔小城，听着渔歌长大。酷爱诗歌的家庭氛围和童年的生活深深影响了希贾布一生的创作，他年少时就常常记录下渔民唱的歌谣，还自己尝试着创作。

一九五六年，希贾布考入亚历山大大学工程学院建筑系，一九五八年转至开罗大学就读矿产工程专业。大学期间，他积极参加文学活动，成为不少诗歌沙龙的常客。最终，对诗歌的热爱让希贾布放弃了大学学业，专心埃及方言民谣的创作。一九六四年，他的第一部诗集《渔夫与精灵》风靡一时。

希贾布的创作在当时的埃及诗坛独树一帜，他的方言民谣朗朗上口，雅俗共赏，兼具大众性和艺术性，许多诗歌被谱上曲调，由众多埃及著名歌手传唱，还有不少作为电视剧的主题曲传遍大街小巷。他诗中体现的政治倾向也赢得了广泛赞誉：亲民，勇敢追求独立和自由。

希贾布的创作在诗坛载誉颇丰，斩获多个奖项。

二〇一七年，希贾布因病去世，埃及众多文化及艺术界人士在公开场合表达了对这位伟大诗人的沉痛哀思，媒体评论他为"埃及苦难和理想的传唱者"。

人生路半[1]（节选）

一

（人生路半……

　　　　海岸救护队的枪[2]）

我……

不是什么先知，没有创造奇迹

也不是什么帝王，坐在宝座上，住在宫殿里

不是……

也不是海螺、牡蛎，在汪洋大海里

那里无边无际

也不是什么神灵，

严肃威厉

我就是一个凡人，十分寻常

心里满是记忆和回想

带着一副毫无表情的面庞

身居普通人家的住房

1　这是一首埃及方言写就的长诗，共四个部分、二百七十七行，译者选译了
　　其中第一部分和第四部分。

2　这里暗喻"被护卫队盯上了，随时可能中枪"的意思，比喻人生路半，说
　　不准何时倒下。

又像长着吉卜赛人大眼的树干
又像厚厚的积云飘浮天边

没有目的，没有标签
像磨盘一样不停兜圈

像陀螺一样原地打转
徘徊在追梦和苟安之间

问自己：
干还是不干？

生活就似锋利的尖枪
人生之路的尽头是死亡

解脱就在其中隐藏
我处在人生之路的中央，发狂

到了这步田地
所有的事物错综相连

明亮和黑暗
敌人的德贤

朋友的背叛
震惊和爱恋

可怖和温暖
天真和老练

处女天然的洁净和后天的肮脏、疾病
聪慧的苦和蠢萌的纯

人生路半，白驹过隙
到这步田地

我再无可能
重拾少时的天真稚气

既抵御不了汹涌浪潮的袭击
也不至于葬身海底

死亡章鱼
在这里

笔画横七竖八错乱在这里
线条七缠八绕交织在一起

理性和疯狂同在这里
禁欲苦行和放荡淫乱同在这里

胜者和败者集于一身
我大声呼喊，却听不见声音

只能默默吸烟，无从选择
就像沉默的巴尔扎克！
……

四

人生路半……海岸救护队的枪
　　　　　（海岸救护队是猎手之顶级）
凡人子息
活着本身就是奇迹

我的标记
就是一声叹息接着一声叹息

春之绿色是我的宫殿
大海的贝类是我的起点

浩瀚星空
是我的旌旗

无边无沿的梦境
是我的御座龙椅

我迷失在这里……
梦迷失在这里……

人生路半
海岸救护队的枪正对着我的脸

我在这里
不至淹死而毫无声息

只能默默吸烟，无从选择
就像沉默的巴尔扎克！

这里，我到底该生存

或是毁灭，这是永恒的问题

这里，疯狂追梦和消极苟安搅在一起

这里，聪明智慧苦涩无比

就像混沌初开

就像原子爆炸

我决意大喊出心中所想：

打开监狱大门！

打开无边的宇宙之门！

我要对令人窒息的生活大吼一声：

我要生存！

（齐明敏　译）

哈桑·塔拉布
（一九四四年至今）

埃及现当代诗人、学者。埃及最高文化委员会诗歌分会会员。一九四四年出生于埃及索哈杰省的一个村庄。在家乡读完高中后，前往开罗大学求学，一九六八年毕业于哲学系本科，一九八四年取得哲学硕士学位，一九九二年在该校文学院取得博士学位。毕业后在席勒万大学（又译赫勒万大学）文学院哲学系任哲学和美学教授。

塔拉布中学时期开始写诗，一九七七年和朋友一起创立了启明诗社，曾做过《创作》杂志副总编。

塔拉布已出版二十部诗集，埃及最高文化委员会为他集结出版了三卷本的《哈桑·塔拉布诗集》。

一九九〇年，哈桑·塔拉布获得最高文化委员会颁发的国家诗歌奖鼓励奖，一九九五年获得希腊"卡瓦菲斯"国际诗歌奖，二〇〇六年获得卡布斯苏丹文化创作奖，二〇一六年获得埃及国家诗歌大奖。

果蝇的宝石¹（节选）

假如以下本无可能之事变为可能，

本不可行之事变得可行：

白云枯槁

大海蒸发

那么，海鳗将如何维持生命？

果蝇将如何从荒芜大地逃生？

它必须避免灭顶之灾，设法活命，

难道只靠自己的天分、本能就行？

或凭其有催化功能的想象力有用？

难道要它亦步亦趋追随蚱蜢？

还是模仿夜里发光的萤火虫？

或是像蜘蛛——不像蝴蝶——把自己缠裹成团，

或是把触角当成今后哭泣的（死亡的？）器官？

要不就将裹在身上的网丝当做靠山？！

这位田园生物必须找到救命宝典

难道要投胎寸草不生的沙漠，好去寻找绿洲水涧？

或是剽窃蜻蜓的舞姿翩翩？

还是要它大喊大叫以便感觉自己还活在世间？

---

1 这首诗创作于一九八七年。题目《果蝇的宝石》充满反讽与悲观的意味。诗人把当下的阿拉伯人比作果蝇，而果蝇是脆弱、渺小、低端、卑微的代表，它本不可能有宝石这样高端的需求。诗人故意采用各种生僻词语，读来甚是艰涩，从而表达诗人对面临艰难处境的阿拉伯人抱残守缺、不思进取的讽刺挖苦。这首诗超过二百五十行，这里选取其中几段，以飨读者。

或是让家禽感觉它还在周边？

它是直接喊出所担心发生灾难，

还是仅仅满足于暗示一番？

假如一切不该发生的均已出现，

它该如何直面现实的形势艰难？

躲在刺猬的尖刺后面不露脸，

还是缩进乌龟壳中不出现？

抑或是借鸵鸟的脑袋扎进沙子里面？

还是借雄鹰的翅膀飞上蓝天？

假如不该出现的出现，

果蝇正把脑筋急转，

琢磨时代的恐惧、忌惮，

蜷坐在它的摇椅上边。

这位滑稽角色在星球大战中有何可干？

难道骑上哺乳期善跑的良种母驼逃窜？

还要忍受母驼瘦得可怜？

有可能它会迷失在寸草不生的四分之一[1]中间，

走走停停间嘴里还不断叨念

赶驼人唱的长短韵诗篇？！

如果不该丢者丢失不见，

不该胜者胜了一番，

那么这位沙漠生物靠什么存活世间？

有何事情它可以操办？

1　寸草不生的四分之一：这里指大约占阿拉伯半岛四分之一面积的世界最大沙漠鲁卜哈利沙漠。

一直等着本能的信号

以保留精神

出于热爱永生的信念？

以便从最低端

上升到最高层面？

还是请尘世宣告，

或是蓝天劝谏：

天下生物统统避让，

好让果蝇顺利升天？

果蝇的消亡无非两种情景：

或是在如林强手中太过无能，

或是死于厌世至极而轻生。

（齐明敏　译）

穆罕默德·苏莱曼
（一九四六年至今）

　　埃及七十年代辈杰出诗人之一。一九四六年出生在米努夫省。一九六八年毕业于开罗大学药学院。毕业后在私营药店工作。

　　上世纪七十年代，穆罕默德·苏莱曼与另外四位同时代诗人创办了声音诗社，带来了与以往不同的诗歌实验，对现代诗歌的结构做了革新，发表了《黑皮书》作为七十年代辈诗人的印记。

　　穆罕默德·苏莱曼在诗歌作品中，利用不同的创作手法不停进行诗歌创作实验，例如：叙事、节奏、利用真人真事作为诗歌典型等。

　　穆罕默德·苏莱曼至今出版有七部诗集，最著名的有：《国王苏莱曼》《用梳子一样的手指》《另一片天空之下》等。部分诗集被译成英文、法文、西班牙文和荷兰文。

构　成

咖啡馆里

我们谈论着黄沙的历史

　　人种的分布

　　在色阶问题上纷纷抖开自己的"包袱"

　　在黄色与黄色之间作对比

　　我们高呼引来尼罗河、底格里斯河与海布尔河¹ 的河水

用阿拉伯东方之水、西方之水浸湿帐篷的四方壁幕

***

我们勾画着阿拉伯祖国的边境

　　还有凤凰的翅膀

我们在沙漠之书里打盹儿

讲述着……母驼之战²

　　还有教派的分化

1　尼罗河、底格里斯河与海布尔河：三者均为阿拉伯人引以为豪的名河，其
　　中海布尔河最终汇入幼发拉底河，故此处也指代幼发拉底河。
2　母驼之战：又称骆驼之战，系伊斯兰历史上第一次穆斯林大规模内战。公
　　元六五六年六月，第三任哈里发奥斯曼被刺身亡后，阿里在麦地那被其追
　　随者拥立为第四任哈里发，其行为引发伍麦叶家族和一些奥斯曼旧部的反
　　对。麦加穆斯林领袖泰勒哈和祖拜尔以"为奥斯曼复仇"为借口，纠集反
　　对派力量与阿里兵戎相见，结果引发大规模内战，战役以反对派败北宣告
　　结束。

还有凭经裁判[1]

还有救援的军队

我们絮叨着藏在猎鹰嗉囊里的宝藏

朗诵着诗人的诗集

每个人都用描写贝鲁特、

加沙、开罗和巴格达[2]的诗句

来装饰自己的本子

然而，当我们分析问题时

却出现了分歧

我们当中，

有人被冠以叛徒、骗子和反动派

每个人都把对方定义为某种颜色

打磨自己的匕首

有人泼洒酒水

也有人泼咖啡

或是钱币

也有人火上浇油

他们泼，我也泼，大家都在泼！

普通百姓则只泼水，火气爆棚

1　"教派的分化"指伊斯兰教历史上的首次分裂，以及由此出现的旷日持久
　　的教派争端。阿里被选任第四任哈里发后，奥斯曼的堂兄弟、叙利亚总督
　　穆阿维叶不承认阿里的哈里发地位，后爆发了隋芬之战（又译绥芬之战）。
　　穆阿维叶在面临失败的情况下，提出"以《古兰经》裁判"的停战和谈的
　　要求（即本诗中"凭经裁判"这句所写）。当时阿里营垒内分为主战和主
　　和两派，主战派占少数，大部分人主张媾和，阿里本人也倾向和解，遂接
　　受穆阿维叶的要求，因此引起主战派的极端不满。当时约有一万两千人离
　　开阿里的队伍出走，被称为"哈瓦利吉派"（出走派）。
2　贝鲁特、加沙、开罗和巴格达：四者均为阿拉伯人引以为豪的名城，分别
　　位于黎巴嫩、巴勒斯坦、埃及和伊拉克。

各大报纸的头版都在记叙第十届大会……

第二十届……

描绘着"统一"的苹果

地中海也不再净白

日渐黑去

它踢开贝鲁特、加沙和卡萨布兰卡[1]

为生人开窗

为鲨鱼敞户

更打开了通往流亡地的大门

（李世峻　译）

1　卡萨布兰卡:摩洛哥王国的第二大城市，也是阿拉伯伊斯兰历史上的名城。

艾敏·哈达德
（一九五八年至今）

埃及现当代诗人，一九五八年出生于开罗。一九八一年毕业于开罗大学工程学院通信工程系。他自幼就喜欢诗歌，是埃及现代著名诗人福阿德·哈达德之子。在谈及这一身份对他的影响时，他承认父亲是他开始写作的主要原因，但认为父亲也对自己产生了负面的影响。父亲是他生活中一个绕不开的话题，他发表作品时会避开发表过父亲作品的出版社，别人评价他时也总是会拿他和他父亲比较。

二〇一一年埃及"一·二五"变局爆发后，诗人创作的几首以此为主题的歌曲经由亚历山大乐团演唱后一度非常流行。

艾敏·哈达德著有多部诗集，包括《爱人们的气息》（一九九〇）、《灵魂之美》（一九九八）、《败者补偿》（二〇〇八）、《众生之岛》（二〇一四）、《时间偷走了我们》（二〇一六）等。

压路机

早先，满心欢畅，
后来，满腹愁肠
再后来，谁知会怎样?!

早先，美滋滋，来，亲一个，
后来，惨兮兮，不知所措，
再后来，才知有指望的，
都是那些有门路者。

早先，是否中枪，
我尚能确定，
后来，我无从知情，
再后来，发现狙击手
时刻对着目标矫正准星。

早先，欢蹦乱跳，
后来，伤心难熬，
再后来，被所推行的
世界秩序压倒，
我和你只能睡觉。

早先，以为只是开开玩笑，
后来，事情变得越来越糟，
再后来，海湾战争爆燃，
我们则变得命运多舛。

早先，当个农民没啥奢望，

后来，发现事事不爽，

难道历史写错了一章？

再后来，去的去，亡的亡，

压路机碾碎了一切希望。

早先，懵懵懂懂，

后来，忧伤悲痛，

再后来，成熟冷静，

遍寻那些失踪的人，

有的伤心至死，

有的闭嘴无声，

再再后来，你懂……

第一天，呱呱落地，婴儿新生，

第二天，终日苦学，拼命打工，

第三天，上了绞架，丢了性命，

第四天，无声无息，无边寂静。

第五天，实在不爽，

第六天，还是不爽，

第七天，天知道会怎样！

（齐明敏　译）

译后记

二〇二四年二月某日，当我与《埃及诗选》的年轻编辑方焱挥别之后，欣慰和感慨两种情绪突然间交替迸发，不由自主深深舒了一口气的同时，内心狂闪五个大字——"太——不——容——易——了！"

《埃及诗选》是"'一带一路'沿线国家经典诗歌文库"系列丛书的一个分册。丛书由北大外国语学院牵头组稿，作家出版社承担编辑出版工作。记得当时向我发出邀约的北大外国语学院阿拉伯语专业的林丰民老师曾表示，希望此丛书可以作为北京大学建校一百二十周年（二〇一八年）的献礼作品集。

自二〇一六年年末接到翻译《埃及诗选》的邀约至今，一晃已近八年过去了！在这七八年时间里，国际国内、译者自身经历的事情和发生的变化太多、太大，恕我不能一言以蔽之。

当时接手项目的动力源自"好为人师"的本能，想着诗选的文本特点适合多人参与，正好可以邀约年轻阿语人共同合作，这对他们而言既是个练手的机会，也对其未来的发展有点助力，对于我自己，一个已经退休几年的老者而言，这也算是"老有所为"吧。没想到的是，这番"丰满"的理想被过于"骨感"的现实一次次击碎，整个出版过程竟似一节又一节人性历练的严肃课程。有一阵在崩溃边缘，我内心涌出的竟是"几度风雨，几度春秋，风霜雪雨搏激流，历尽苦难痴心不改，少年壮志不言愁"这几句歌词。当然，这相对于我们的经历而言肯定过于夸张，但那时的心境真的与此颇有共鸣。

二〇一七年年初，组队完成，作为主要负责人，我兴冲冲地撸胳膊挽袖子准备大干一场。蓝本难寻，就夜以继日地查阅，偶然间在网上发现了合适的目标，第一时间便委托在埃及工作的弟子陶皖江亲自出马，在开罗四处奔波，不辞辛苦辗转腾挪，终于"深挖"出几被遗忘的一部非发行版诗集，并不远万里托人从埃及带回北京。

收到蓝本后，搭档李世峻马不停蹄地复印、分发，译者微信群里，我们讨论译作要求，解决问题。为了保证翻译质量，我还四处打听寻找合适的审校人士，终于邀请到了几位当时在京读书（现在已经毕业多年）的埃及博士作为原文理解助理，逐字逐句地与他们进行探讨，然后确定原文词语、联句、全诗各个层面的意义。年轻译者们译完初稿，我便立即逐一对照原文进行修改，不清楚的地方再度咨询埃及博士们。最后请各位译者敲定译文，添加注释，润色文本。此外，考虑到读者的需求，我还请了当时我任教的北语和北外的一些读翻译专业的硕士生为我们选定的每一位诗人增译了各位诗人的简要生平。

我们当时选定的诗歌风格迥异，既有格律诗，亦有散文诗、自由诗；大多为标准语诗歌，但也有不少方言诗，难度不小，不仅对年轻译者而言是个挑战，即便我本人也遇到了很多困难。除了对意义的理解之外，还要考虑原诗的风格、押韵、感情色彩等，真正体会到了为何有"诗不可译也"之说。

团队中各位译者的自身情况有所不同，我们本着文责自负的基本原则，决定我们的译文以内容传达为主，兼顾表达，可自由选择译文风格，不一味追求格式齐整，合辙押韵。

当时所有译者都是业余时间"赶工"，我作为"工头"也有自己沉重的工作和生活压力，对所有译者的不易感同身受，所以没有拼命催逼。经过两年多的奋斗，初稿终于完成！不敢说水平多高，但至少是"良心之作"。虽然没有赶上为北大校庆献礼，但却可以进入丛书第二批的书单。

还没来得及欢呼雀跃，出版社一位编辑的"实话"就给了我们当头一棒！他说，第二批的出版资金尚未到位，要我们等！而且等待期限很不明朗。这样一来，本想为年轻译者学业或就业助力的希望就要落空了，我心急如焚。

不得已，经与作家出版社和北大组织方商量，终于十分不舍地另辟蹊径，找了另一家出版社。新的出版社欣然接受了我们的译稿，表示很快会进入规定程序。眼看"柳暗花明"，谁料，天不遂人愿，突发三年全球疫情，原本应很快得到的版权授权，也因相关负责人患病去世、委托人调离等复杂原因瞬间搁置。这一搁置就是三年！在此期间没有任何进展。

虽然新出版社应允一定会出，虽然年轻译者们都表示理解，不怨我，但作为召集人的我却不可能释怀，三年多时间里始终为书稿的前途焦虑不安，觉得既对不住所有合作者，也对不住自己几年的心血。经历的两度挫折已经极大地打击了我对前景的信心。

否极泰来的"枯木逢春"竟然在二〇二三年夏天乍现！经过新的委托人积极协助，我们终于搞定了版权授权书，新出版社终于进入了正常的规定程序，更为惊喜的是作家出版社也不介意我们的"劈腿"，邀请我们再编辑一本新的《埃及诗选》！

幸福来得措手不及，我和搭档李世峻内心的澎湃无以言表。就在这个夏天，我和作家出版社的编辑方叕有了第一次线下的交流，打消了不少顾虑，也敲定了新版《埃及诗选》的许多细节。

有了前车之鉴，我们的新书非常迅速地选定作品，敲定排序，并邀请到阿语界的资深译者郭黎和张洪仪积极加持，终于！终于可以将崭新的《埃及诗选》付梓了！

这就是译后记另类开头的原因。这一路的酸甜苦辣，无处言说，只能借喜讯"冲昏头脑"之际在译后记中一吐为快了。

最后，要郑重感谢作家出版社以及编辑方叕对我们这本小书的不离不弃！感谢一路以来相助相持的各位友人和弟子！感谢搭档李世峻的隐忍和付出！感谢自己没有灰心，一路坚持！感谢家人的宽容和谅解！

预祝《埃及诗选》顺利面世！

齐明敏

二〇二四年二月二十九日夜

总　跋

　　经过两年多时间的筹备与组织，"'一带一路'沿线国家经典诗歌文库"终于陆续付梓出版，此刻的心情复杂而忐忑，既有对即将拨云见日的满满期待，更有即将面见读者的惴惴不安。

　　该项目于二〇一五年下半年开始酝酿，其中亦有不少波折和犹疑。接触这个项目的所有人都无一例外地认为，这是应该做而且只有北大才能做的事情，也无一例外地深知它的难度。

　　"一带一路"跨度大、范围广，多语言、多民族、多宗教、多文明交融，具有鲜明的文化多样性特征。整个沿线共有六十余个国家，计有七十八种官方或通用语言，合并相同语言后仍有五十三种语言，分属九大语系。古丝绸之路尽管开始于政治军事，繁荣于商旅交通，但其更重要的意义在于促进了人类文明的交往。它连接了中国、印度、波斯和罗马等文明古国，跨越埃及文明、巴比伦文明、印度文明、中华文明的发祥地，是东西方文明交流互鉴的重要通道。

　　如何更好地展现"一带一路"沿线人民的文化特质和精神财富，诗歌无疑是最好的窗口。诗歌是文学王冠上的明珠，精敛文学之魂魄，而经典诗歌则凝聚着各个国家民族的文化精神和文化理想，深刻反映沿线国家独有的价值观和对世界的认识。长期以来，中国学界和出版界一直比较重视欧美发达国家诗歌的译介与研究，对发展中国家尤其是一些弱小国家的诗歌研究存在着严重忽略的现象。我们希望通过对"一带一路"沿线国家经典诗歌的研究，深刻地了解一个国家，理解它的人民，与之建立互信，促进国内学界对"一带一路"沿线国家文学、文化和文明的了解，弥补我国诗歌文化中的短板，并为中国诗歌走向世界提供思路和借鉴，从而带动与"一带一路"沿线国家的深层次交流，为中国的对外交往和"一带一路"倡议的实施提供人文支撑。

北京大学外国语学院组织国内外相关领域的专家学者,于二○一六年一月,正式启动"'一带一路'沿线国家经典诗歌文库"项目。该项目以北京大学人文学科的优良传统和北大外语学科的深厚积淀为基础,以研究和阐释"一带一路"沿线国家厚重的历史、文化内涵为己任,充分发挥本学科在文学、文化研究领域的传统优势和引领作用,积极配合和支持国家的"一带一路"倡议,为中外优秀文化的研究、互鉴和传播做出本学科应有的贡献。

北京大学外国语学院牵头组织的"'一带一路'沿线国家经典诗歌文库"项目,旨在翻译、收集、整理和编辑"一带一路"沿线六十余个国家的诗歌经典作品,所选诗歌范围既包括经典的作家作品,也包括由作家整理的、具有广泛影响力的史诗、民间诗歌等;既包括用对象国官方语言创作的诗歌,也包括用各种民族语言创作、广泛传播的诗歌作品。每部诗集包括诗歌发展概况、诗歌译作、作者简介等三个部分。

在此基础上,形成由五十本编译诗集构成的"'一带一路'沿线国家经典诗歌文库"第一批成果,这将弥补中国外国文学界在外国诗歌翻译与研究方面的不足,特别是对部分"一带一路"沿线国家的经典诗歌开展填补空白式的翻译与原创性研究工作具有重大意义,同时对沿线诸多历史较短的新建国家的文学史书写将具有十分重要的价值。

该项目自启动以来,先后成立了编委会和秘书组,确定项目实施方案、编译专家遴选以及编选的诗歌经典目录,并被确定为北京大学一百二十周年校庆的重要出版项目之一,得到学校、校友及社会各界的大力支持,建立起以北京大学外国语学院为核心,汇集国内外相关领域知名专家学者、翻译家的翻译、编辑团队,形成了一个具有高度共识和研究能力的学术共同体。

在这个共同体中的每个人都是幸福的,与诗为伴,以理想会友,没有功利,只有情怀。没有人问过我们为什么要做,每个人只关心怎样可以做得更好。无论是一无所有之时还是期待拿到国家出版基金支持之日,我们的翻译团队从没有过犹豫和迟疑,仿佛有没有经费支持只是我一个人需要关心的事情,而他们是信任我的。面对他们,我没有退路,唯有比他们更加勇往直前。好在我一直是被上苍眷顾和佑护的人,只要不为一己之利,就总能无往不胜。序言中,赵振江教授说了很多感谢的话,都代表我的心声,在此不再重复。我想说的是,感谢你们所有人,让我此生此世遇见你们。如果可以，我还想在此感谢我的挚爱亲人，从没有机会把"谢谢"说出口，却是你们成就了今天的我。

希望通过我们台前幕后每一个人的努力，把"'一带一路'沿线国家经典诗歌文库"项目打造成沿线国家共同参与的地域性的文化精品工程，使"文库"成为让古老文明在当代世界文化中重新焕发光彩、发挥积极作用的纽带和桥梁。

人也许渺小，但诗与精神永恒。

宁　琦

写于二〇一八年"文库"付梓前夜

北京

图书在版编目（CIP）数据

埃及诗选 / 齐明敏，李世峻等编译 . -- 北京：作家出版社，2024. 11. --（"一带一路"沿线国家经典诗歌文库 . 第一辑）

ISBN 978-7-5212-3043-7

Ⅰ. Ⅰ411.2

中国国家版本馆 CIP 数据核字第 2024L4F029 号

埃及诗选

主　　编：赵振江

副 主 编：蒋朗朗　宁　琦　张　陵　黄怒波

编 译 者：齐明敏　李世峻　等

选题策划：丹曾文化

特约编审：懿　翎

责任编辑：方　矗

装帧设计：曹全弘

出版发行：作家出版社有限公司

社　　址：北京农展馆南里 10 号　　邮　　编：100125

电话传真：86-10-65067186（发行中心）

　　　　　86-10-65004079（总编室）

E-mail:zuojia @ zuojia.net.cn

http://www.zuojiachubanshe.com

印　　刷：北京尚唐印刷包装有限公司

成品尺寸：160×240

字　　数：377 千

印　　张：17

版　　次：2024 年 11 月第 1 版

印　　次：2024 年 11 月第 1 次印刷

ISBN　978-7-5212-3043-7

定　　价：68.00 元